悪役令嬢の次は、召喚獣だなんて聞いていません！

Main Character
登場人物紹介
リュート
・ラングレイ
ルナティエラを召喚した異世界の騎士。
本来面倒見のよい性格だが
とある事情で周囲に恐れられている。
異世界の料理に満足していない。
ルナティエラ
・クロイツェル
恋愛小説の悪役令嬢に転生した
元日本人。あわや断罪されそうに
なった時リュートによって、さらなる
異世界に召喚された。リュートの召喚獣
として異世界で奮闘中！

ビルツ
・アクセン
リュートの担任。召喚獣マニアで
時折暴走する。人型の召喚獣である
ルナティエラに興味津々。
イーダリア
・カーラー
【聖女】の称号を持つリュートの
クラスメイト。率直で厳しい言葉を
使うこともあるが、根は優しい。
カフェとラテ
料理が大好きなキャットシー族。
リュートのレストランで働いている。

プロローグ

「卒業パーティーのこの場を私的に借りることを、まずは皆に詫びたい」

先程までの和《なご》やかな様子から一転した雰囲気で、このグレンドルグ王国第二王子であり、私の婚約者のセルフィス殿下はそう言い放った。ついで私を睨みつけるが、その視線は婚約者に向けるものとは思えないほど冷たい。

『その時』が来る可能性があると理解はしていたものの信じたくなかった瞬間が訪れた絶望を、なんと言い表したらいいだろうか――

「ルナティエラ・クロイツェル嬢、前へ」

常とは違う彼の硬い表情と声に、誰もが息を潜《ひそ》めて成り行きを見守っている。

この場に来ている父と母が動揺することもなく此方《こちら》を見ている様子から察するに、事前になんらかの報せを受けていたのかもしれない。

私を忌み嫌っているはずの両親が、卒業を祝うためのこの場所に来るなどおかしいと思っていたが、その理由を理解して唇を噛みしめた。

やはり、この世界はミュリア様のためにあり、私は彼女にとって邪魔者――『悪役令嬢』であるということなのだろう。

「ああ、やっぱり」という諦めにも似た苦い思いが胸に広がる。ただ形容しがたい複雑な思いを抱きながらも、平静さを保つくらいの余裕はあった。

普通の令嬢であればいつもとは違う婚約者の様子に狼狽《うろた》え、ただ震えていたに違いない。

心の内に広がる絶望を噛みしめ、ただ目の前の状況を見つめる。

冷たく見下ろしてくるセルフィス殿下や感情の読めない暗い瞳で見つめてくるアルバーノ様、その後ろで守られるようにして立っているミュリア様を順々に見つめ、なんとも言えないむなしい気持ちがこみ上げてくる。

そして私は、『結局はこうなってしまうのか』という気持ちとともに思い出す。

すべての始まりである、あの日のことを――

§§・✽・❊・✽・§§

それは、去年のことだ。私たちの学生生活が最後の年になり、ようやくセルフィス殿下との婚約が本決まりになった頃、一人の少女が学園へ編入してきた。貴族たちの通うこの学園では編入の生徒は非常に少ない。

物珍しさも手伝って、少女を一目見ようと、多くの生徒が彼女の元へ足を運んでいた。かくいう私も好奇心を抑えきれずに覗きに行った一人である。

その日の天候は雨だった。令嬢として覗き見をするなんてはしたないけれど、こんな天気であれば他の学生たちは来ないだろうと高をくくり、件《くだん》の少女がいる中庭をこっそりと物陰から覗き見た。

少女は降り注ぐ雨をものともせず、可憐に美しく立っていた。

小柄な体に春を連想させるふわふわとしたパステルピンクの長い髪、深緑の瞳は眩しいくらいに光り輝いている。

なぜかその傍《かたわ》らにいた婚約者であるセルフィス殿下も、彼女のような愛らしい少女から笑顔で話しかけられて悪い気はしないのだろう。私には向けないような優しい笑みを浮かべ、とても親しげに話をしている。

キラキラ輝く彼女とセルフィス殿下の様子を見ていると言葉にできない気持ちが湧き上がった。

なんともいえない気持ちで視線を逸らすと、校舎の分厚い窓ガラスに映った己の姿が目に入り、さらに惨《みじ》めになってしまう。

濃い空色の長い髪の奥から、雨の中で黄金の瞳が自信なさそうに此方《こちら》を見ている。家でも両親から厭《いと》われる見た目だ。少女のような華は微塵《みじん》もなく、外出をあまりせず暗い部屋の中にこもっていることが多いためか、肌は病的なまでに青白い。

沈みそうな気持ちを誤魔化すように再び編入生へ視線を戻した瞬間、飛び込んできた光景に息を呑んだ。

周囲に冷たい雨が降っているというのに、彼女の周りだけスポットライトが当たるかのごとく厚い雲の隙間から光が降り注いだのだ。

なんて不可思議で神秘的なのでしょう——って、スポットライト？

不意に浮かんだ言葉の意味を理解できない自分と、それが適切な表現であると考えている自分がいる。奇妙な違和感を覚えると同時に、激しい頭痛が襲ってきた。

何かを警告するかのような痛みに耐え、なんとかこの場から離れようと踵《きびす》を返す。

その時だった。視界の端で少女が濡れた地面に足を取られたのか、バランスを崩した。それをセルフィス殿下が支え、きらきらと陽の光が美しく二人を照らす。

このシーンを、私は知っている……そうだ、これは小説の中でセルフィス殿下と『ヒロイン』のミュリアが、お互いを意識し始めるきっかけとなったシーンだ——

そんな言葉が頭に自然と浮かび、さらに頭痛が激しくなる。

光が射す中で微笑み合う二人と対照的に、酷い痛みに吐き気すら感じ始め、私は部屋へ戻ろうと一歩を踏み出した。その瞬間グラリと意識が揺れる。

闇にのまれる感覚に不安を覚えて助けを求めるように腕を伸ばす。

『主人公』のミュリア様とは違って、『敵役《かたきやく》』の私を誰も助けてはくれないだろう。そんなことを考えたのを最後に、私は意識を失った。

目覚めると寮内の自室にいた。聞くと、ベオルフ様——この国の騎士団長を務めるアルベリーニ家の長男が私を連れ帰ったそうだ。

その後、医師からは過労と診断されたが、おそらく前世の記憶と現世の記憶の混濁が精神に大きな負担をかけたため、原因不明の発熱という症状が出たのだろう。しばらく起き上がることもできないまま、呼び起こされた記憶と現実が入り混じる酷い悪夢にうなされる日々が続いた。

その療養期間に見舞いへ来てくれたのはベオルフ様だけで、セルフィス殿下は一度も姿を見せなかった。その噂はどこからともなく広がり、私は「お飾りの婚約者」だと今まで以上に周囲から軽んじられる存在になった。

熱が微熱程度に下がった頃には記憶の統合も落ち着き、セルフィス殿下が選ぶのは私ではなくミュリア様だと理解したので、噂に落ち込むことはなかった。

それよりも前世の記憶を一部取り戻したことにより、この先に訪れるだろう未来を知り、私は恐れおののいていたのである。

前世の私は、この世界に酷似した『君のためにバラの花束を』という小説を親友に薦められて読んだことがあった。主人公のミュリアがセルフィスという王子と出会い、数々の苦難を乗り越えていくという王道ラブストーリーである。

その中でルナティエラ・クロイツェルは、惹かれ合うミュリアとセルフィスを邪魔する、巷《ちまた》では『悪役令嬢』と呼ばれる存在で、婚約者であるセルフィス殿下への愛ゆえに狂っていく役どころであった。

一見、清楚で控えめな令嬢の風貌をしているのに、実は激情に駆られやすいキャラクターだったが、そのギャップがまたいい味を出しているのだと前世の親友は熱く語ってくれた。しかし、私は彼女とは真逆に、ルナティエラというキャラクターを恐ろしく感じた。

セルフィス殿下を愛するが故に、ヒロインの彼女を陥れ、追い詰め、苦しめる。それこそ手段を選ばず、己の破滅すらも顧《かえり》みない。

だから、自分こそがその悪役令嬢であるという記憶を取り戻してからは、セルフィス殿下やヒロインを避け、接触も最低限で済ませた。愛という感情に溺れ、破滅するほど狂いたくなどなかったから——

§§・✿・❀・✿・§§

そんな風に、この日が来るのを恐れていたというのに——と心の中で呟き、目の前で自分を糾弾《きゅうだん》するセルフィス殿下を見つめる。

『君のためにバラの花束を』の断罪シーンに酷似しているこの状況を、現実として受け入れるのは難しい。何しろ私はミュリア嬢に近付きもしたことがない。全員がお芝居でもしているのではと現実逃避をしたくなるが、どれほど否定しようとも、これは紛れもない現実だった。

今更考えても意味がなく、後の祭りだと分かっていてもそんなことを考えてしまうのは、目の前に迫る破滅に恐怖を感じているからだ。すぐそこまで迫ってきている死の気配が怖くて仕方がない。

しかし、物語にあったような狂わんばかりの愛情をセルフィス殿下に抱くことも、共に生涯を歩んでいきたいという気持ちを持つこともできなかった私には、何度考えても二人から距離を取るという選択肢しかなかった。

これまでのことを振り返っている間、私が行《おこな》ったという罪が朗々と読み上げられていた。ミュリア様の持ち物を隠したという小さなことから彼女の誘拐まで、覚えのない多くの罪を私が犯したことになっている。

どうしたらよいのだろうと考えても妙案が浮かぶはずもなく、目を伏せたまま立ちつくしていると、セルフィス殿下が私の前に進み出た。

「ルナティエラ・クロイツェル嬢。君がミュリア嬢を虐《しいた》げていたことについては、双方に認識の違いがあるやもしれない。しかし、最後に述べられた誘拐は未遂とはいえ重罪であり、証拠も揃っている。君の犯した罪を考えれば、私との婚約は破棄する以外にない。罪を悔い改め謝罪するならば温情をかけることもできるが」

セルフィス殿下の青い瞳がわずかに揺れているのを見て、私は驚きで息を呑んだ。

物語にはなかったセリフは、もしかすると彼が心から感じていることなのだろうか。

そうだとしたら、私が幼いころから積み上げてきたものは無駄ではなかったのかもしれない。物語の中のセルフィス殿下は情など一切感じさせることはなく、ルナティエラを罪人として扱ったのだから……

わずかに息を吸い込んで顔を上げる。

「……殿下のお心遣いには感謝いたします。ですが、わたくしには訴えられた罪を犯した覚えは一切ございません」

折れそうな心を必死に支え、震えそうな声でなんとかそれだけは言うことができた。

彼の『温情』に縋《すが》って偽りの罪を受け入れるよりも、恐ろしい現実を前にしても折れない心を抱き、最後まで無実を訴え続けよう。その果てに死が待っていようとも、最後の瞬間まで諦めたくない。

なぜこんな強い思いが湧いてくるのかわからないが、自分の中の私が叫ぶのだ。

私らしくあれ……と——

私の言葉に、セルフィス殿下の顔が苦く歪んだ。

「ルナティエラ・クロイツェル嬢……残念だ……」

「犯した覚えのない罪を認めることはできません。己の命が惜しいばかりに、やってもいない罪を認めるなど愚か者のすることです。わたくしは、先程述べられたような罪を犯していない。それが真実です」

侯爵令嬢として恥ずかしくない、毅然《きぜん》とした態度で言えただろうか。

セルフィス殿下の背で、ミュリア様の口元が歪んだのが見えた。恐らくは、彼女によって証拠や罪がでっちあげられたのだろう。すべてが彼女の計画通りということが悔しく、誰にも信じてもらえないことに心が痛むが、今更どうしようもない。

しかし、罪状にあった『私がミュリア嬢を虐《しいた》げた』という言葉には思わず苦笑が浮かんでしまいそうになる。

セルフィス殿下は双方に認識の違いが——と言っていたけれども、これまで両親からの愛情もなく冷遇され、ないものとして扱われて虐《しいた》げられる痛みを誰よりも知っている私が、どうして他者を虐《しいた》げられるのだろう。

「本当に、いいのか？」

私にだけ聞こえるような小さな声でベオルフ様が問いかけてくれたが、それに返す言葉が見つからずに俯《うつむ》くしかなかった。今、声を出せば泣いてしまいそうだ。心を奮《ふる》い立たせても震えてしまう手を必死に隠していたのが、ベオルフ様からは見えていたのかもしれない。

覚えのない罪に、捏造《ねつぞう》された証言と証拠が揃っているのだから逃れようがないし、誰一人として味方にはならない現状は誰よりも理解している。しかし目の前に死という道しか残されていないのだと分かっていても、命を永らえるために殿下に縋《すが》り、彼らの言う罪を認めたくはなかった。

私の決意が変わらないと理解したのだろう。セルフィス殿下がわずかに首を振る。

「ルナティエラ・クロイツェル侯爵令嬢を、ミュリア・セルシア男爵令嬢の誘拐未遂容疑で捕らえよ」

その言葉で騎士たちが動き出す。それに伴《ともな》い、背後にいたベオルフ様も距離をとったことが気配で分かった。

結局、物語の結末は変わらなかった……という絶望がじわじわと胸の内に広がる。

けっして小説にあったような悪事など働かなかったのに、覚えのない犯罪行為を捏造《ねつぞう》された上に国外追放か死罪となるなんて。

前世の親友がこの場にいたら「納得がいかない！」と怒鳴り込んできたかもしれない。そう考えたら、絶望的な状況下でも少しだけ笑うことができた。

今世において彼女のような得がたい友を作ることはできなかったけれど、彼女はいつも私の心の支えだった。感謝してもしきれない。

いや、他にも自分を支えてくれた人はいたような気がする。しかし、それを考えようとすると頭に霞《かすみ》がかかったようにぼやけてしまう。頭を振り、今は考えても分からないことへ意識を向けるのをやめ、前世の親友の顔を思い出して自らを勇気付けた。

「ルナティエラ様……どうして……こんな……」

嘆き悲しむミュリア様の声が聞こえるが、どう見ても嘘泣きだ。うっすらと浮かんだ笑みを隠すように手で顔を覆っている彼女は、私の目から見たら悪女にしか見えない。

しかし、外見は可憐な乙女である彼女の泣く姿は男たちの心をかき乱すのか、セルフィス殿下は眉尻を下げて彼女の肩に手を回していた。しかし、もはやその姿を見ても心は痛まない。

二人を眺めていると金属がぶつかり合うような重い音がした。武装した騎士が近くまで来たのだと理解し、捕らえられる瞬間を大人しく待つ。

すべてが終わったのだと唇を噛みしめる。結末は変わらなかったが、覚えのない罪に絶望するよりは毅然《きぜん》とした姿でいようと、下がっていた視線を上げて前を見据えたのだが——いつまでたっても騎士たちが私を捕らえる気配がない。

それればかりか周囲が私を見てざわめいていることに気づく。目の前で仲睦まじそうに寄り添っていたセルフィス殿下とミュリア様までもが、驚愕の面持ちで此方《こちら》を見ていたのだ。

今更、何を驚くことがあるのだろうと周囲を窺《うかが》うと、自分の足元が光っていることに気が付いた。

——え？　こんなシーンはなかったはず……

ベオルフ様の鋭い声が、何かに遮断されているように遠く感じる。

私の周囲には光の粒子が漂《ただよ》っていた。その発生源となっている私の足元にはいつの間にか金色の文字がびっしりと浮かんでおり、複雑な文様を描きながら広がっていく。そして、ふわふわと浮かぶ淡い輝きは数を増やしたかと思うと、数秒の後、弾《はじ》けるように消えた。

次の瞬間、黄金の光が床から天へ昇っていく——言葉も出ないほど不可思議な光景に思わず息を呑む。

どうすればいいのか分からず混乱する頭をなんとか動かして、光から抜け出す方法を考えていると、目の前に一人の男性が現れた。

その人は、艶のある漆黒の髪と茶色の瞳という懐かしい色合いを持った青年で、グレンドルグ王国に多い彫りの深い顔立ちではなく、東洋人らしい顔つきをしている。

その場にいた全員に彼の姿が見えているのか、『主神オーディナル様だ！』と声が上がったが、その声もくぐもって聞こえた。

前世の記憶を思い出した私にとって馴染み深い黒髪も、この世界の人間には特別な意味を持つ。

この世界を創造した神オーディナルは、世界の繁栄を願い、特殊な力を持った御使《みつか》いをごく稀に誕生させる。そして、その者は例外なく、創造神オーディナルと同じ漆黒の髪色だったのだ。

それ故に、人々はその御使《みつか》いを『創造神オーディナルの愛し子』と呼び、この地に降臨した神のように崇《あが》め奉《たてまつ》ったと書物には書き記されていた。

しかし、私には目の前の彼がオーディナル様だとはどうしても思えなかった。此方《こちら》をまっすぐ見て凛々しくも優しく微笑む姿は、どちらかというと前世の親友の姿と重なって見える。

どうしたらいいのかわからず、しばらく無言で見つめ合っていると、彼がまるで此方《こちら》へおいでと言うかのように私へ向かって手を差し出す。

目の前に差し出された大きな手に、私は自然と自らの手を重ね合わせた。

それと同時に黄金の輝きが増し、今まで見えていた景色が光とともに遠くなる。

――『悪役令嬢』のルナティエラは神々しい輝きに包まれ、その場から姿を消した。

後にこの出来事が『神の花嫁』として広く人々に語り継がれ、新たな伝説となることを、この時の私はまだ知らなかった。

§§・✽・❀・✽・§§

最後にセルフィス殿下の呼ぶ声が聞こえた気がしたけれど、それすらもう遥か彼方。

金色の光は私を包み込み、急速に浮き上がった。漆黒の空間に浮かぶ色鮮やかな星の煌《きら》めきを飛び越え、ひたすらに先へと突き進む。これはどこに向かっているのだろうか。

まさか、ルナティエラになってジェットコースター気分を味わうとは思わず、三半規管が悲鳴を上げる。だんだん目眩がしてきて、乗り物酔いのように気持ちが悪くなる中、一際大きな煌《きら》めきが目の前で弾《はじ》けた。

その瞬間、長く続いた乱高下から解放され、地に足が着いたことに安堵する。そして、いつの間にか閉じていた瞼をゆっくり開くと、目映《まばゆ》い光の中に一人の青年が立っていた。彼は驚いたように私を凝視している。

ここは一体どこなのかも分からない状況なのに、なぜか私の視線は自然と彼に吸い込まれてしまう。

最初は、あの時手を差し伸べてくれた青年かと思ったのだが、外見が違うので、どうやら別人のようだ。

彼の濡れ羽色の髪は先程見た青年と同じ色合いだが、その瞳の色はまったく違う。虹彩は青く鮮やかで、瞳孔の周りを彩るように、明るい金色や黄色からオレンジのグラデーションがわずかに見える。その不可思議でいて地球を思い出させるような美しい色合いは――確か前世ではアースアイと呼ばれていたはずだ。いつまでも見ていたくなるほどの力ある輝きを放っている。

――でもやはり、先程見た男性にどことなく似ているような……？

そこまで考えて、自分が奇妙なほど目の前の彼に興味を覚えていることに気が付いた。

なんでしょうか……この感覚は――、そして、ここはどこなのでしょう。

「あ……あの……」

私が考え込む間にも青年の視線は私に注がれていた。さすがに耐えきれなくなり声を出したが、その後の言葉が続かない。

自然と彼の顔に向かってしまう視線を引きはがし、彼の服装や周囲に向ける。すると、服装からして、違和感があった。

彼の服装は私のいたグレンドルグ王国の貴族たちが着ているものよりも装飾は少ないが、どこか武骨で未来的だ。それだけではなく彼の肩越しに見える真っ白な壁は、金属特有の光沢があり、歪みの一つもない。

ここはどうやら呆れるほど広い室内――それも、金属壁に囲まれた何もない空間だと理解して目をみはる。石壁が当たり前だったグレンドルグ王国や、周辺諸国ではありえない光景だ。

ま、まさか……ですよね？

心臓が激しく脈打ち、一つの考えに行き着こうとしているのを阻止するように、ズキリと頭に痛みが走る。

「あの……！」

……まさか……ここは違う世界……？　いや、もしかしたら日本に戻ってきた……とか？

ありえそうでありえない考えを頭に浮かべながら声をかけると、目の前の青年がようやく動き出した。

「えっと……君は俺が召喚したん……だよな？」

はて？　『召喚』とは？　さらなる疑問が頭をよぎるが、そんな疑問は些細なことだと感じてしまうほど彼の声は不思議と耳に心地よく響く。次の言葉が見つからずただ呆然とお互いを見つめ合っていると、いきなり鋭い音が飛び込んできた。獣の吼《ほ》える声ともけたたましい鳥の鳴き声ともつかない音に驚き、弾《はじ》かれたように視線を向けると、真っ赤な髪の男性が此方《こちら》へやってくる。

彼は、私と青年を交互に見て目を輝かせたかと思うと、いきなり叫んだ。

「リュート・ラングレイ！　どうやら貴様も召喚に成功したようだな。ちょうどいい。腕試しといこうかっ！」

「危ないっ」

青年が私の体を横抱きにして、その場から大きく跳躍する。

同時に爆音が耳をつんざいた。

思いがけない熱風にドレスが煽《あお》られ、怖くて身を固くしていると、青年が低く「あの野郎」と呟く。

「悪い、本当は詳しく説明してやりたいが、どこかの馬鹿のせいで、それどころじゃなくなった。どう見てもアンタ、戦える見た目じゃないし……とりあえず、簡単に説明する。アンタは俺が召喚したから、現状『俺の召喚獣』ってことになる。もちろん嫌だというならすぐに元の世界へ帰すから、今だけ、ちょっとじっとしていてくれるか？」

「は、はい……！」

青年に尋ねられ、訳が分からないながらも必死に頷くと、わずかに微笑まれた。それにほっとして、改めて周囲を見る。どうやら私と青年は複雑な文字や文様が刻み込まれている床から黄金の輝きが溢れている場所にいたようだ。

今は黒く焦げてしまっている床に、先程まで立っていたと考えるだけで恐ろしくなり、彼の首筋にしがみつく。

すると「そのましっかり掴まっていてくれ」と頼まれた。

手を離さないように力を込めたのを確認した彼は頷き、炎を繰り出す相手に向かって叫ぶ。

「やめろ、ガイアスッ！　まだ彼女とは契約してねーんだよ！　しかも、彼女はどう見ても戦える召喚獣じゃないから諦めろっ！」

「御託《ごたく》はいい！　貴様自身が戦えばいい話だっ」

「アホか！　オイ、ガーディアン！　未契約および非戦闘召喚獣に対する戦闘行為は、学園内だとしても召喚獣保護法に引っかかるはずだろうが！　さっさと止めろ！」

分からないことばかりだが、青年に戦う気はないのだろう。しかし、ガイアスと呼ばれた相手は全く聞く気がないようで、攻撃の手を止めない。何度か爆発音が鳴り響き、その度《たび》に青年が身を翻《ひるがえ》す。

近くで炎が幾度となく炸裂したが、青年が何かをしたのか熱さは一切襲ってこなかった。

「人の話をちゃんと聞かねーで好き勝手しやがって……いい加減、イラついてきたな」

唸るように呟かれた言葉は、物騒な色を宿して低く響く。

苛立ちを募らせながらも彼の集中は途切れることなく、次々と襲い来る炎を軽やかな動きで右に左に上に下に避けている。

先程のジェットコースターよりはマシですけれど、これが続くと酔いますよ⁉

揺れる視界の中、真っ赤な髪の襲撃者の隣で火を纏《まと》ったトカゲのような生き物が口から炎を吐き出すのが見える。

これでこの世界が別世界なのが確定ですっ！　こんな炎を吐く生物なんて、私の世界には存在しませんでした！　グレンドルグ王国は日本と同じような生態系に加えてちょっぴり不思議な神の御《み》使《つか》いがいるくらいでしたもの！

私が心の中でそんな言葉を叫んでいたら、火トカゲが一際大きな炎の塊を放った。

どうやら火トカゲは隣の赤髪の男の指示で動いているようだ。

再び青年がその炎を避けると、炎は先にあった床に命中し、もうもうと黒い煙が立ち上る。

「痛っ……！」

それが目に染みて、思わずぎゅっと目を閉じる。瞬《まばた》きを繰り返すと生理的な涙が零れ落ち、ごしごしと手の甲で目を擦《こす》ると、不意に肌寒さを感じた。

部屋の温度が二、三度は確実に下がったような気がするのですが……？

見上げると、彼が奥歯を強く噛みしめ、相手を射殺さんばかりに睨みつけている。

「オイ、ガーディアン。これ以上ノロノロしていたら、俺がアイツを全力でブッ飛ばすぞ」

その迫力に押されたように火トカゲの炎の勢いが衰《おとろ》える。襲撃者も火トカゲに指示を出せず、硬直しているようだ。

すると部屋の天井近くに、鈍色《にびいろ》に輝くバレーボールほどの球体が姿を現した。ついで真ん中についている大きなレンズが青から赤に変わり、明滅する。

『リュート・ラングレイ訓練生に召喚された召喚獣は未契約であり、現時点では戦闘系召喚獣ではないと判断されました。これ以上の攻撃は厳罰対象になりますが、攻撃を続けますか？　ガイアス・レイブン訓練生』

あれが『ガーディアン』でしょうか？

襲撃者はいまいましげに舌打ちをした後、「面白くねぇ！」と言い捨てると真っ白な壁へ向かって歩き出す。あわやぶつかるというところで、襲撃者が左手の甲を壁にかざすと同時に真っ白な壁が開閉し、何事もなく外へ出て行ってしまった。

あれ？　……あれは自動ドア？

目をこらして見てみると、壁に見えていた場所にまっすぐな継ぎ目のような線が入っており、おそらくそれが扉と壁の境目なのだろう。そのわきには、青白く輝く小さな球体が設置されている。なんとも近未来的な光景だ。

落ち着きを取り戻して、辺りを見渡すと、グレンドルグ王国……いや、ルナティエラの世界どころか、前世の日本でもありえないほどの技術を持った世界なのだとハッキリ分かる。

未だ金色に点滅する床の文字列が目に入る。先程の『異世界』という考えは間違いではなさそうだと実感すると同時に、思わず額に手をあてた。

つまり私は、あの魔法陣みたいなものによって別世界へ飛ばされた――召喚されたということになる。

詳しい説明をしてもらったほうがいいだろうと、未だ私を横抱きにしている青年を見上げる。

「大丈夫か？」

すると私が問いかけるよりも早く口を開いた彼は、私を降ろすと心配そうに顔を覗き込んでくる。

気づかわし気に問いかけられて、思い出したように襲いかかってきた乗り物酔いの気持ち悪さに口元を押さえると、彼は優しく背中を擦ってくれた。

その手の感触は、彼の声や外見のように私の気持ちを一瞬で和《やわ》らげた。

視線を上げて顔を見ると、さらに不自然と思えるほどの安堵が胸に溢れる。

……そういえば、この不思議な感覚も……なんなのでしょう。

何もかも分からないことだらけで混乱する頭を抱えていると、能天気な声が部屋に入ってきた。

「大丈夫ですか？　リュート・ラングレイ。本当に君はガイアス・レイブンに睨まれているのですねぇ」

「向こうが勝手に噛み付いてくるんだよ」

「君が悪目立ちをして敵が多いことが理由ではないですかねぇ。また目立つようなこともやらかしたようですし……」

クセのあるくすんだ金色の髪に、糸のように細い水色の目。部屋に入ってきた白衣の男性は細い目をさらに細めて私を見ていた。その目の奥には隠し切れない好奇心が滲《にじ》んでいて、なんとも嫌な感じだ。

どなたかは存じ上げませんが、そのような不躾《ぶしつけ》な視線は女性に嫌われますよ。

「ビルツ・アクセン。仮にも教師なんだから、もうちょい色々考えて行動したらどうだ。女性に向ける視線じゃねーだろ」

身を竦《すく》めていると、彼がスッと体をずらして視線から守ってくれた。青年――リュート様は、「大丈夫だ」というと、私を安心させるように手を包み込んで握ってくれた。触れた場所からじんわりと流れ込んでくる熱に驚いたが、とても安心できる。

そのままの状態でいると、白衣の男――アクセン先生が興味深そうに此方《こちら》を眺めていることに気が付き、慌てて手を離した。

教師ということは、先程の騒ぎを聞きつけてここにやってきたということなのだろうか。アクセン先生を見上げると、彼はにこにこと手を振り、リュート様に視線を移した。

「人型の召喚獣は大変珍しいですからねぇ。意思疎通はできますか？」

「まだ状況説明もできてねーし、いきなりの襲撃で怖がらせちまっている。ちょっと時間をくれ。もしもの時は、『送還の儀』に入らないといけねーからな」

「送還……アレでできるでしょうかねぇ」

アクセン先生が指さす方向にあったのは床を破壊こそしなかったが、黒焦げで文字が半分以上消えてしまった魔法陣のようなものの残骸。さっき見た時は点滅していた光も今や消えている。それを見た瞬間、リュート様の顔が絶望に染まった。

「嘘だろ……」

「まあ、送還は無理でしょうねぇ、召喚陣を壊されてしまっていますから」

「あのヤロウ！」

「まあ、君にも彼女にも残念ですが、半年後の試験を彼女と共に参加せざるを得なくなったということですねぇ。まあ、これも運命というやつでしょうねぇ」

楽しげにそんなことを言われてしまい、私たちは思わず互いの顔を見合わせた。

えっと……とりあえず、この世界はなんですか？　しかも、召喚獣ってどういうことですかっ⁉

悪役令嬢が召喚獣とか、意味が分かりません！

第一章　悪役令嬢が召喚獣

その後、リュート様は「時間が欲しい」とアクセン先生に告げ、私を連れて白い金属で覆われた部屋から出た。どこか残念そうだったアクセン先生の視線を思い出して身震いする。

セルフィス殿下の婚約者であったため、今までも様々な視線を投げかけられてきたが、あんな奇妙な視線は初めてだった。まるで私を珍しいおもちゃか何かだと思っているような視線である。

そんな私の様子を見て、リュート様が申し訳なさそうに私の背中に触れた。

「悪いな。あの教師――アクセンは召喚獣馬鹿で有名なんだ。話しかけられても適当にあしらうから、嫌なら俺の背中に隠れていたらいい」

そんな提案をしてくれる彼は、本当に優しい人なのだろう。

王国内は針の筵《むしろ》だったので気遣いに溢れる対応は久しぶりだ。どう返答したらいいか分からず、内心焦っていると、彼はさほど気にした様子も見せずに話を続けた。

「とりあえず、話ができる場所へ移動しようと思うから、ついてきてほしい」

「わ、分かりました」

少々緊張しながらも頷いてみせると、彼は少し安堵したように表情を緩めた。

長い廊下を歩き、ゆっくりとした足取りで『話ができる場所』へ向かう。

先程の戦闘で体が火照っているのか、それとも普段からそうなのか、襟元を緩めてホッと息をついている姿や、顕《あら》わになった喉元がやけに色っぽい。チラリと見ただけで頬が熱くなってしまった。

へ、変ですね……照れるところだったでしょうか。

「本当に痛いところや怪我はないな？」

「お気遣いありがとうございます。なんともございません」

「そうか、ならいいんだが……緊張がほぐれて痛みを感じることもあるから、その時は遠慮なく言ってくれ」

高身長の彼に見下ろされる形で言われ、コクコク頷いていると頭を優しく撫でられてしまった。子供扱いだろうか……と考えていたのだが、その時になって違和感を覚えた。

私の背はグレンドルグ王国の中では高く、踵《かかと》のある靴を履《は》くとセルフィス殿下と並ぶほどだったけれど、リュート様と比べたら低い。視線をかなり上げないと彼の顔を見ることもできないのだから、私と彼の身長差は歴然としている。

少し視線を下げると、彼が腰から提げている剣が目に入った。先程の戦いで一度も抜かれることはなかったが、かなりの重量があるように見える。それを感じさせない動きで立ち回っていたのだから驚きしかない。

そんな風に周囲を窺《うかが》いながら廊下を歩いていると、もう一つ気付いたことがあった。

先程のアクセン先生ほどではないにしろ、通りすがる人たちの視線がやけに此方《こちら》へ向けられるのだ。最初は場違いな私の服装に目がいっているのかと思っていたのだが、私からすぐに視線は隣へと動いている。

男女問わず、すれ違う人が彼を見ているのだ。当人は全く気にしている様子もないので常日頃からこういう視線を投げかけられているのだろう。

姿勢が正しく長身であるだけではなく、青銀色の金属と黒い革で仕上げられた頑丈そうなブーツを履《は》いた脚も長い。彼が目立つ理由のもう一つはその服装だろう。

行き交う人の多くは白に金糸の縁取り模様が入った服を着ているのに、彼は黒地に銀糸の模様が入った騎士服のようなものを纏《まと》っている。長衣のように、後ろが長く前はスリットが入っていて、ハイネックの上着は、先程の戦闘でも汚れている様子がない。

素敵なデザインでカッコイイし、黒がとても似合っている……と考えて、また彼ばかり見てしまっていることに気が付いた。

じっくり眺められて気分のいい人はいないだろうと、慌てて視線を逸らす。

それでもついつい視線が彼に向きそうになるのを必死に堪《こら》えていると、彼が私に視線を落とした。

「説明が遅れてすまない。今俺たちが向かっているのは、特別室と言われるところだ。そこなら誰にも邪魔されることなく話ができると思う。訳の分からない状況ばかりで申し訳ないが――そこまで、とりあえず我慢してほしい」

何を我慢するのだろうかと首をひねって、はたと気付く。

現状を考えれば、疑問だらけであり不安に思うような状況でしかないはずだ。

隣を歩く彼は案ずるような視線を私に投げかけている。そんな彼に「貴方《あなた》のことが気になりすぎて状況を気にするどころではなかった」とは言えなかった。

黙り込んだ私に彼は首を傾げ、数回瞬《まばた》きをしてから周囲を見渡して小さく「なるほど」と呟く。

「周りの視線は気にするな。アンタはその格好だし美人だから目立つんだ……元の世界でもそうだっただろ？」

はい？　皆さんの視線は、貴方《あなた》に向いているというのに気付いていないのですか？

思わず目を丸くして見上げれば、どうしたと言わんばかりの視線とぶつかり、これは無自覚だと確信してしまった。これほど顔がいい人なら、こういう視線に慣れすぎているのかもしれない。しかし問題はそれだけではない。

『美人』などと言われ慣れない言葉を耳にして、心底驚いてしまったのだ。

もしかしたら彼は目が悪いのかもしれない。それなら、自分に向けられた視線に気が付かないことも理解できると一人で納得していたら、訝《いぶか》しげな視線を向けられた。

視力があまりよくないから、時々眉間にしわを寄せているのですね？　あ……でも、彼が眼鏡をかけたらすごく似合うのでは――いや、そうではない。まずは返事をしなければと軽く頭を左右に振り、リュート様に向かって微笑みを浮かべた。

「お世辞でも嬉しいですわ。わたくしは、そのような言葉とは無縁でしたもの」

「は？　アンタの世界は変わっているというか……美醜に対しての認識が俺たちとは違うのかもしれないな」

まっすぐな言葉に、思わず変な声が漏れそうになる。

彼は本気で私が美人だと思っているということになるのでしょうか？　お世辞を真に受けるのはよくありません。

そう自らに言い聞かせるが、嬉しくて頬が緩みそうだ。

褒められることがあまりなかった人生だったからか彼の褒め言葉は思いがけず、甘く胸に響いた。

そんなやりとりを交わした後、どうやら目的地に到着したようだ。彼は立ち止まると、カウンターにいる受付のお姉さんに話しかけた。

「召喚術師科五十九期生・特殊クラスのリュート・ラングレイだ。特別室を頼みたい。面会はすべて断ってくれないか」

「学生証の提示をお願いします」

「分かった」

学生証と言われてリュート様は左手を差し出している。前世の記憶では、学生証と言えばカード型だったが、彼が左手の中指にはまっている指輪を女性に向けているところを見ると、あの指輪が学生証なのだろう。

それから、学生証となる指輪のデータを認証する道具なのか、ジェルネイルのライトを彷彿《ほうふつ》とさせる小型の箱の中に手を入れる。

カウンターの女性が、手元にある小さなプレートを確認して小さく頷いた。

「リュート・ラングレイ訓練生と認証しました。時間はどれくらい必要でしょうか」

「あー、すぐにビルツ・アクセンから呼び出しが全員にかかると思うから、それまででいい」

「分かりました。では、B通路五番の部屋をお使いください」

リュート様は了承したというように頷き、私へ手を差し出した。

受付嬢の視線を受けながら彼の手を取り、奥へと進む。

エスコートなんていつぶりだろう。ドキドキしながら周りを見る。

ここに至るまでの廊下もそうだったが、建物の中は全体的に白っぽい造りでとても清潔だ。私がいたグレンドルグ王国とは雲泥の差である。

やがて、先導するリュート様が一つの扉の前に立ち止まった。それから左手の指輪を扉にかざすと、シュッと音を立てて扉が開く。思わず身を竦《すく》ませると、その姿をしっかり見られていたのか、彼が楽しげに目を細めている。

……す、すごく恥ずかしいです！

頬が熱くなっているのを咳払いで誤魔化すと、リュート様が室内へ入るように背を優しく押して促してきた。彼に誘われるまま、部屋の中へ入る。

学校の教室というより、病院の一室のような白い壁と床の無機質な部屋だ。

シンプルな机と椅子が中央にあり、部屋の隅には大きなスーパーの休憩所に設置されていたようなドリンクサーバーが置かれている。

席に座るように促され、彼は対面に座るのかと思いきや、サーバーの方へ歩いて行く。

「まあ、これでも飲んで落ち着いてくれ」

リュート様が差し出してくれた薄い金属製のコップの中には、いい香りの緑茶が入っていた。王国では飲めなかった懐かしい飲み物についつい嬉しくなってしまう。顔をほころばせ、お礼を言ってコップを受け取ると、彼はホッとしたように肩の力を抜いた。

こんな風に見たことのある設備を目にすると、やはりここは私の知らない日本のどこかなのではとも思えるが、その可能性は限りなく低いだろう。

襲撃者――ガイアスと呼ばれていた男性が連れていた火トカゲや、火トカゲの放った炎は、前世の日本ではありえない。

そのこともこれから聞けばいいだろう。彼が対面の席に座ったのを見届けてから、私は緑茶に口をつける。金属製のコップにもかかわらず、口当たりは滑らかで金属特有の匂いもしない。懐かしい緑茶独特の香りと甘み、苦味が口内に広がり、ほっと体の力が抜けた。

緑茶を楽しむ私の様子を窺《うかが》っていた彼は、自分が手にしていた緑茶を飲み干すとコップを置き、いささか低い声で質問してきた。

「まず、その姿から考えて中世ヨーロッパ……は、髪色からしてないな。どこかの王侯貴族というところか？」

……うん？　今、中世ヨーロッパと言いましたか？

思わず言葉もなく目を丸くした私に、彼は、あっ！　と声を上げた。

「悪い。まずは、俺の自己紹介が先だな」

コホンと咳払いをして居住まいを正し、彼が此方《こちら》を向く。地球を思い出すような美しく輝くアースアイが、私を射抜く。

「俺は、リュート・ラングレイ。この国……フォルディア王国で【聖騎士】の称号を預かるラングレイ家の三男だ。今年で二十一歳になる」

フォルディア王国……地球やルナティエラの世界でも、聞いたことがない国名だ。

つまりは、ここは私の生きてきた二つの世界とはさらに違う世界ということで間違いはなさそうだけれど、そうなると先程彼が言った「中世ヨーロッパ」という言葉が異様に思えてくる。

『中世』が存在し、『ヨーロッパ』があるというなら、ここが地球という線もまだ捨てきれない。

しかし、地球で『召喚』ということが起こり得るだろうか。確実に私の住んでいた時代ではないため、ここが未来の地球だとすれば科学の進歩が『召喚』という技術をもたらしたという話になるが、どこかのゲームでもあるまいし現実的ではない。

とはいえ、既に私の目の前で起こっている現象も非現実的だ。

情報が増え、余計に混乱した頭でリュート様の話の続きに耳を傾ける。

「ここはこのフォルディア王国の中心都市レイヴァリスにある聖都レイヴァリス学園だ。詳しいことは後で聞くことになる、と思う。今日は、俺たち召喚術師が初めての召喚獣を得るために『召喚の儀』を行《おこな》っていたんだが、その最中に、妙に気になる何かを見つけたら、アンタを召喚してしまった」

つまり、あの時、私が置かれていた状況を正確に把握した上で連れてきたわけではないようだ。

やや異なる容姿だったとはいえ、あれほど鮮明な姿で此方《こちら》へ手を伸ばしてきたので幻影だとは思えなかったが、そういう術なのだろう。

「説明する前にあんなことになってしまって、本当に申し訳なかった。あの男――ガイアスは後でシメとく。もちろん元の世界への帰還を望むなら、帰れるように手を尽くす。召喚陣があんな状態になっちまったら普通、同じ場所の同じ時間に戻すのは難しいが、戻す方法を知るヤツに心当たりがあるから大丈夫だ。説明もなく不安にさせてしまい申し訳ない」

頭を下げて謝罪する彼のつむじを見て、一瞬呆気に取られ止まった思考を引き戻し、私は椅子から立ち上がって口を開いた。

「どうか顔を上げてください。此方《こちら》こそ自己紹介が遅れてしまい申し訳ございませんでした。わたくしは、グレンドルグ王国クロイツェル侯爵の長女で、ルナティエラと申します」

挨拶の言葉を流れるように紡ぎ、できるだけ優雅な所作でカーテシーをして見せる。

頭の中が混乱していようとも、これぐらいはちゃんとやらないと今までどんな教育をされていたのかと笑われてしまう。

するとリュート様は、何かに引っかかりを覚えたように顔を上げて首を傾げた。

「侯爵令嬢……グレンドルグのルナティエラ・クロイツェル？」

どこかで聞いた名前だと彼は呟き、形のいい顎《あご》に大きな手をあてて考え込んでいる。

もしかして、私が知らないだけで、ルナティエラの世界にはこれだけの技術を持った国が存在したということ？

まさか……と、何度も瞬《まばた》きを繰り返していると、彼は大きく目を見開いた。

「思い出した！　『君のためにバラの花束を』とか言う、タイトルの割に生々しい恋愛小説に出てくる悪役令嬢の名前と一緒じゃねーか」

「……それは、此方《こちら》でも流行っているのですか？」

「いや、ここじゃねーけど……え？　『此方《こちら》でも』？」

怪訝そうに見つめるリュート様に、失言だったかと考えたが、やはり確認はしておきたい。私はドキドキしながら口を開く。

「ここは……『地球』ではないでしょう？」

「はっ!?」

ガタリと音を立ててリュート様が椅子から立ち上がる。驚きすぎて次の言葉が出てこないようだ。

地球という言葉を聞いてもなんのことだか分からないという顔をせず、混乱する彼を見つめながら、私は予想が間違いではなかったことを確信した。

　彼も私と同じ境遇なのだと――

　この反応から見て、間違いはないはず。

　問いかけの返答を辛抱強く待っていると、彼はかすれた声で呟く。

「そうか、そういうことか……アンタも、転生者なんだな」

　私と同じ結論を導き出したらしい彼が、絞り出すように言った。

　それに頷き、私は小さな声で続けた。

「はい、そうです。……先程『中世ヨーロッパ』とおっしゃっていた時から、もしかしたらと思っておりました」

　私の言葉に苦笑して、リュート様は椅子に座り直した。

　色々疑問に感じていたことが氷解し、緊張していた体から自然と力が抜けていく。

　つまり、この世界は全くの異世界で、彼は同じく地球の日本から来た転生者であるということだ。

　目の前の彼が自分と同じ境遇であることで、心に抱えていた孤独のようなものが消え去ったような気がする。前世の記憶を思い出してからというもの、心休まる日などなかったのだ。

　少なくともリュート様は、転生者である私の状況を正しく理解してくれるだろう。今の私にとって得がたい味方であると直感的に感じたのであった。

さて、私の方はそんな風に安堵しているのだけれど、彼の方はというと苦悶の表情で頭を抱えている。

何にそれほど苦しんでいるのだろう。もしや私の存在が邪魔なのでは……と不安になったが、その答えはすぐに分かった。

「やべぇ、同じ転生者を召喚とか、俺ってヤツは何やってんの……！　しかも、思いっきり意思疎通のできる人間で、全然召喚獣じゃねーだろ！」

うがあああぁっ！　と吼《ほ》えながらリュート様が頭をかきむしっている。意図的な行《おこな》いではないことは先程聞いたし、あの状況から救い出されたのだから私には感謝の気持ちしかない。それに、あの時彼の手を取ることを選んだのは私自身なのだから、彼だけが責められることではない。

そういった諸々のことをどう伝えようか……と、頭を抱えたまま苦悶する彼を見ながら考えていたが、ハッとする。

『召喚獣』というのだから、召喚主の命令に従い任務を果たす必要があるのかもしれない。それなのに、なんの役にも立たない私が来てしまって……多大な迷惑をかけているのでは？

申し訳なさに胸中で悲鳴を上げながら、慌てて頭を下げる。

「すみません！　私みたいな者が来てしまいまして……」

「は？　いや！　そうじゃなくて！　アンタが来たことに対して責任が発生するのは俺であって……」

「いいえ！　あの時、貴方《あなた》の召喚術は私に選択権をくださったのです。言葉はございませんでしたが、手を差し出して、私に来るかどうかを問うてくださいました。私はその手を取って此方《こちら》へ来たのですから……」

「いいや、俺が気になったところにいきなり大量に魔力を流し込んだから、選択肢があったかどうかすら怪しい。アンタが拒否していても、無理矢理連れてきた可能性だってある。本当に申し訳ない！」

「や、やめてください！　頭を上げてください！　私は貴方《あなた》の召喚で助かったのですから！」

ガバッと勢いよく頭を下げる彼に驚き、叫ぶように言う。どうか顔を上げてと懇願すると、彼はゆっくりと体を起こしポツリと呟いた。

「ん？『助かった』……？」

それから私のドレス姿をまじまじと見つめて目を見開く。『君のためにバラの花束を』の最後を思い出したのかもしれない。私は頷き、彼に説明をする。

「はい、セルフィス殿下に婚約破棄をされたところでした。召喚で此方《こちら》に来なければ、兵士たちに捕らえられ、最終的には国外追放か極刑になっていたはずです」

「ルナティエラ……アンタは話にあったような行《おこな》いをしたのか？」

「物語にあったような真似はしておりません。ヒロイン……ミュリア様を見て前世の記憶を取り戻し、自分の身に破滅が迫っていると分かってからは、周囲や自分自身も怖くて誰にも近づけませんでした」

「冤罪かよ……」

苦虫を噛み潰したような顔をした彼の呟きを聞きながら、私はパーティーでの断罪を思い出し、改めて身震いした。

「極刑はもちろんだが、国外追放も『あの小説』では死を意味していた。酷いことを……」

「そういう事情ですから、本当に助かったのです」

「助かったかどうかは、まだ分からないだろ？　俺が悪いヤツだったらどーすんだよ」

「本当に悪い人は、そんなこと言いませんもの」

リュート様の言葉に首を振る。

記憶を取り戻してからというもの、心を蝕《むしば》む恐怖と戦う日々が続いた。それは身の破滅が迫っていることへの恐怖だけではない。前世の記憶が戻った弊害とでも言うのだろうか……前の人生の両親と兄の愛情を思い出したために、家族のルナティエラに対する冷たい態度に愕然としたのである。

孤独が当たり前だったルナティエラとは違い、前世の私は、孤独や両親からの無関心があれほどに辛く恐ろしいことだと知らなかったから……

それからは、私をいないものとして扱う両親も、私と婚約が決まってからさらに疎遠になった婚約者も、冷たい目で見てくる周囲の人々も……すべての者が私の身の破滅を望んでいるのではないかと、恐怖に怯《おび》えていた。

「……大丈夫か？」

彼の言葉に自分が下を向いていたことに気が付く。慌てて顔を上げて笑顔を作った。

「ほら、優しいではありませんか」

召喚されてからの短い時間だけど、リュート様は非道なことを行《おこな》うような人間ではないと自信を持って言える。彼の立場を考えれば私みたいな召喚獣は困るだろうに、必死に助けてくれたり、色々考えて気遣ってくれたりと、むしろお人好しと言える部類だろう。

そもそも彼が本当に悪い人なら、襲撃の時に私を全力で守るなんてしなかったはずである。

すると彼は「そうか」と呟いて困ったように微笑み、天を仰いだ。

何かを考えている素振りに、私も口をつぐむ。リュート様は腕を組み、天井を睨みつけてしばらく思案していたが、やがて視線を私へ戻して口を開いた。

「今までの話をすべて踏まえた上で、今後の話をしたい」

何かを決意したような強い瞳がまっすぐ私を捉える。彼は、この短時間に何を考え、何を決意したというのだろうか。そんなことを考えながら、彼の次の言葉を待つ。

「さっきまでは帰してやれるなら……と思っていたが、そういうことなら話は別だ。ルナティエラ、俺とこの世界で一緒に過ごしてくれないか」

思いがけない言葉に驚きを隠せず、目を見開く。そして、彼の瞳を見て息を呑んだ。

宇宙に浮かぶ地球のようなアースアイが、決意を込めて此方《こちら》を見つめていたからだ。その瞳の色に、心臓が変に動き出して脈が速くなる。それは怖いからということではないし、驚いたからというには奇妙だ。

彼の目をまっすぐ見つめ返しながら、私は今までこんな熱を帯《お》びた視線で見つめられたことがあっただろうかと考える。優しくも強い想いが宿った瞳に涙腺が緩みそうになり、慌てて下を向いたけれど間に合っただろうか。

私のことを心から案じてくれている眼差しが、今そこにあった。

黙り込んだ私にリュート様が続けて言う。

「面倒を見るのが召喚主の責任だからこれくらいじゃ足りないかもしれないが、この世界での衣食住はすべて俺が負担する。……それに召喚獣として以前に、そんな顔で過去を思い出すやつを、俺は元の世界に帰したくない」

次の言葉が出てこない。

それに、召喚獣というものもよく分かっていないのだ。軽々しく頷いて、迷惑しかかけないと分かっている。

すると、私の不安を見透かしたようにリュート様が言った。

「もちろん、ただの善意だけじゃない。アンタには半年後の試験に一緒に参加してもらいたい」

「試験……？」

「そう。俺たちは召喚し、契約した召喚獣をパートナーとして、課題をクリアしていく必要がある」

先程の目まぐるしい戦闘を思い出す。戦いの心得一つない私には何もできないだろう。

戦いなど無縁の世界に生きてきたのだから、当然といえば当然ではあるが。

「残念ながら、お役に立てそうにありません。魔法なども使えませんし、先程の戦闘のように足手まといになってしまいます」

「いや。召喚獣は確かに戦闘系スキルを持ったモノも多いが、必要とされるスキルは戦闘能力だけじゃないから心配しなくていい」

半年後の試験……彼にとって本当に私がパートナーでいいのだろうか。

不安になってやはり返答できずにいると、彼はさらに口を開き、自らの事情を説明してくれた。

「元々俺は、召喚術師を目指して訓練していたわけじゃない。騎士科の中で魔法騎士としての修練を積んでいた一環で、召喚術師としてのスキルに目覚めたんだ。……自慢じゃないが、俺は大抵の召喚獣よりも強い自信がある」

確かに、先程の攻撃を避けていた身体能力といい、結構な火力を瞬時に無効化した手腕といい、その片鱗はあった。

でも、それならなおさら私のような役に立たない召喚獣なんていらないのでは？

そう思ったのに、リュート様は改めて私に向けて頭を下げた。

「頼む、俺と契約してくれないか。アンタを召喚獣として使役することはできる限りしないし、俺はアンタと対等に接したい。でも、この世界のシステムがそれを許してくれないから……令嬢として生きてきたアンタには抵抗があるかもしれない。でも、元の世界に戻してアンタを死なせることも、この世界で死なせることも俺はしたくない」

「リュート様との契約が嫌で渋っているわけではありません。むしろ反対です。リュート様が出してくださった条件は、私に都合がよすぎるものばかりで困惑しているのです。私にそれだけの価値は……」

「ある！」

価値はないと言いかけた私の言葉を遮《さえぎ》って、彼は叫ぶ。

「……私は、どのような形でもリュート様のお役に立てないと思います……」

「いいや、そんなことはない。アンタにしか頼めないことがある」

今までと声のトーンが変わったと感じて彼を見れば、とても言いづらそうに眉根を寄せて口をもごもごさせている。どうしたのだろうと凝視していたら、観念したように、リュート様は呟いた。

「アンタと一緒に……色々話がしたい。俺たちにしかできない話、日本の話を」

その言葉は、かなり胸にくるものがあった。

前世の記憶、懐かしい記憶を共有できない辛さを、私は確かに知っている。そして、それを埋めることができるのは、同郷の人間――この異世界であれば私しかいないだろう。

それは、何も持たない私の唯一の価値かもしれない。

「アンタに価値がないなんて絶対にありえない。少なくとも、俺のこの空虚な心を埋めてくれる。

それはとても得がたくて……絶対にないと思っていた」

それは、私も同じだ。理解してくれる人などこの世にはいないのだと諦めていた。手をぎゅっと掴まれて心臓が早鐘を打つ。それでも本当に、それだけのことで彼にすべての面倒を見てもらうなど、許されるのだろうか。

そう思って彼を見上げると、リュート様はかすれた声で言葉を続けた。

「それに……俺のところにいてくれと願う理由は他にもある。怖がらせてしまうかもしれないから、本当は言いたくないが……とても重要なことだから聞いて欲しい」

リュート様は、真剣な面持ちで口を開く。

「この世界に召喚された召喚獣は、召喚主との話し合いで『契約』か『送還』を選択できる。しかし、どちらも選ばずに逃げ出した召喚獣は例外なく死んでしまうんだ」

「え？　死んでしまう……？」

驚いて次の言葉が出てこない私に、彼は丁寧に説明をしてくれた。

世界には、それぞれ世界ごとに様々な『理《ことわり》』が存在する。

たとえば、日本では魔法が使えずこの世界では魔法が使えるというような、世界を創るために必要となるルール――プログラムのようなものだ。

「つまりこの世界に違う世界の理《ことわり》で動くもの――召喚獣が入ってくると、この世界は『この世界にとって正しい理《ことわり》』で動いていないモノと判断し、排除しようとする」

「コンピュータのウイルスみたいなものでしょうか」

「うーん、ウイルスというよりは、世界のバグとして判断されると考えたほうがいいかな」

なんとか自分の中で噛み砕きながら理解しようと言葉に出すと、彼がより近い言葉を探してくれた。

「そのせいで別の世界から呼ばれた召喚獣はそのままにしておくと、だんだん弱っていってしまう。それを食い止めるために、召喚主は魔力を召喚獣に渡してこの世界に順応させていく。簡単にいうと、バグを修正するための修正プログラム――パッチ役を、召喚術師がするわけだ」

彼の説明でおおよそのことは理解することができた。しかし、それが事実だというのなら――

「リュート様の助けがなければ、私はこの世界に存在することも……できないのですか？」

震える唇を止めることができず、声も震えてしまう。

リュート様は口元を引きしめて重々しく答えた。

「そうなる」

「……存在するだけで、ご迷惑をかけるのですか？」

「そんなことはない。四ヶ月ほどの『魔力調整』で俺の魔力を介して此方《こちら》の世界のマナ――魂の器に馴染ませるからその期間だけだ。一生という話ではないから、そこは安心してくれ」

彼の言葉を聞きながら、胸の奥がチリチリ痛んだ。迷惑をかけることしかできない自分が不甲斐なくて苦しい。

返す言葉が見つからずに黙り込んでいると、彼が口を開く。

「俺はアンタがいいなら、そばにいたい」

すべての迷いを断ち切るように、リュート様が私の手を強く握った。切なさを滲《にじ》ませた表情で乞う、まるで恋をしているように熱のこもった声は、私の頭を痺《しび》れさせ、他意はないと分かっていても胸が早鐘を打ち始める。

今はそれどころではないと気持ちを必死に落ち着け、彼の言葉に耳を傾けた。

「この異世界で、同郷の人間に出会えたこと自体が奇跡なんだ。そして、俺といることでアンタを助けることになるならそれ以上のことはない」

彼の言葉は、どこまでもまっすぐで……優しさと労《いたわ》りに満ちている。

本当にいいのだろうか。彼に迷惑をかけることしかできないのに……そんな言葉が頭をよぎるが、彼の覚悟を確かめ、私自身の覚悟を決めるために言葉を紡ぐ。

「ご迷惑を……かけてしまいますよ？」

「分かっているっていうか、世界のシステムだから仕方がないし、頼ってほしい」

「わがままを言うかもしれませんよ？」

「なるべく希望には沿うよう努力する」

「戦えませんよ？」

「俺が戦うから問題ない」

「お役に立てることも少ないですし」

「俺の心のケアというか、癒やし」

それって、召喚獣として正しいあり方なのでしょうか？

まだ迷っていると、突然リュート様が悪戯《いたずら》っぽい顔で言った。

「ルナティエラ、ゲットだぜっ！　とか言い出さないから」

「私はボールには入りませんよっ⁉」

脊髄反射で返すと、リュート様がふっと笑み崩れた。私も思わず笑ってしまい、お互いの顔を見合わせて再び笑う。

「そうだよ。俺、こういうのを求めていたんだよな」

「他愛ない会話ですね」

「そう、他愛ない会話。だけど……懐かしい」

「そうですね」

久しぶりに、こんなに笑った気がする。

卒業パーティーが近づくにつれ、どんどん私の表情はなくなっていただろうし、元々これほど笑い合えるような会話ができる人たちもいなかった。

本当に久しぶりに、何も考えることなく笑えたことが嬉しい。作り笑いでも愛想笑いでもなく、ただおかしかったから笑った。それが、とても嬉しかったのだ。

ひとしきり笑った後、そっと彼の手が私に差し出される。

いつの間にかリュート様は真剣な表情をしていた。そして、緊張を滲《にじ》ませながら低い声で言葉を紡ぐ。

「俺と契約してくれ、ルナティエラ」

もう答えは決まっていた。

それしかないと分かっているし、こんなに心穏やかな時間を共に過ごせるなら願ってもないことだろう。召喚獣というものは分からないが、それでも彼がこれほど真摯な態度で、私がいいと言うのだから、その言葉を信じたい。

現状ほとんどの場面で足手まといだとしても、役に立てる何かを探して見つければいいのだ。

そうと決まれば、先程までのプレッシャーが嘘のように消え、笑顔を返すことができた。

「はい」

あの光の中で手を取ったように、私は彼の手に自らの手を重ねる。

すると、重ねた手から黄金の光が溢れ出し、小さな星をちりばめたように四方へ散っていく。

私の返事を聞いてリュート様は微笑み、朗々と唱えた。

「我、リュート・ラングレイは、ルナティエラ・クロイツェルを専属召喚獣として契約する。主従ではなく、我が半身として求め、互いを支え助け合う存在として守り抜くと誓う」

彼の力強い言葉が響くにつれて、重なった手から溢れる光はどんどん強くなる。

全身になんと形容していいのか分からないほど、温かく優しいものがどんどん流れ込んでくる。それは私の空虚な内側を満たしていくようだった。優しい陽光が照らすように、温かな光が私の内側に満ちていく。

ああ、これがリュート様なのだと感じて、満たされる幸福に酔いしれる。

確かに、私とリュート様の心が……、魂が触れ合った瞬間であった。

次第に握る手の力が強くなり、胸がじんわりと熱くなるのを感じた。見れば自分の首元から光が溢れている。陽光に似た黄金の輝きは、空中に何かの文様を刻み始めた。

リュート様と二人でそれの軌道を目で追う。刻まれていく優美で繊細な黄金に輝くハートのような模様はとても可愛らしい。

「それが俺とルナティエラの契約紋だ。俺と行《おこな》った契約から発生したにしては可愛らしい紋様だけど、よく似合ってる。ルナティエラは髪色が天色《あまいろ》で、目がすげー綺麗な蜂蜜みたいな色だから、黄金に輝いてピンクの粒子が散る紋様が映えるな」

まっすぐな瞳でそう言われて、頬が赤くなるのが分かった。

外見を褒められることはなかったから照れてしまう。それでも心の伝わった今は、彼の言葉が本心であると分かり余計に頬が熱い。

そうこうしていると光は窓から入る陽光に溶けていき、幻想的な光景が嘘のように静かな空間が広がった。これで契約は完了したのだろう。

リュート様は私の首元に刻まれたらしい契約紋をじっくりと眺め、口元に蠱惑的《こわくてき》な笑みを浮かべている。その笑顔に内心悲鳴を上げながら、速まる鼓動をなんとかしようと、深呼吸を繰り返す。キツくしめつけられたコルセットのせいで、うまく呼吸ができないのが恨めしい。

ふう、と息を吐くとリュート様が首を傾げた。

「そのドレス、苦しいのか？」

「コルセットをしておりますので……」

「そりゃ苦しそうだ。何か他の服を用意しないとな」

そう言うと、リュート様が私に触れていた手を放し、扉に向かおうとした。衣類を用意するために手を離されたということは分かったのだが、なぜか寂しくて思わず彼の手を掴んでしまう。

「……ん？」

「あ……え、あの……そのっ」

「ああ、そうか。もうちょい手を握っていような。俺の魔力を、もう少し分けておいてやらねーと」

そう言うと、中腰になっていたリュート様は椅子に腰を落ち着けて、私の手を包み込むように握った。

それと同時に体にじんわりと温かさが流れ込んできて、ほぅと息をついてしまうほどの安堵を覚える。

リュート様は私の様子を見て苦笑した。

「ごめんな。本当なら召喚獣にはもっと密着して、魔力を渡してマナに馴染ませてやる必要があるんだが、さすがに女の子を膝の上に乗せるわけにもいかねーし」

「膝の上⁉」

「召喚獣は、書いて字のごとく獣タイプが多いんだ。小さい獣タイプの召喚獣は膝の上に乗せて、接触面を増やした上で、撫でて魔力を流すのがセオリーだな」

「撫でて……」

思わず言葉に詰まる。確かに小さな獣タイプの子――例えばあの火トカゲのサイズであったら、それはアリでしょうけれど……私を膝の上に乗せて撫でるなんて……想像しただけで頬が熱くなってしまった。

「ルナティエラ……あー、うーん、あのさ、ルナって呼んでいいか？」

私の名前が呼びづらいのだろうか、少し考えた後に提案してきた言葉は意外なものであったけれど、彼にそう呼ばれるのは嫌じゃないから素直に受け入れる。

「はい、好きなようにお呼びください」

「じゃあ、ルナ。俺のことはリュートって呼んでくれな」

「リュート様」

「様はいらねーよ」

「ダメです。私の世界では異性を呼び捨てにしませんもの」

「でも……」

「これでもずいぶん砕けた話し方になっているのですが……」

それは理解していたのか、彼は唸ったものの「分かった」と頷く。

「そうだよな、『わたくし』じゃなくなったもんな」

「此方《こちら》のほうが話しやすいですから」

「まあ、それでも上品だよ。本当に貴族のお嬢様として生きてきたんだよな」

ジッと見つめられて恥ずかしくなって俯《うつむ》くと、彼の指が私の手をスルリと撫でて、此方《こちら》を見てくれというように動く。チラリと視線だけ動かして様子を窺《うかが》えば、とても嬉しそうに微笑まれた。美形の破壊力に為すすべなく、視線を落として唇を尖《とが》らせた。

くすりと笑ったような声がかすかに聞こえるけれど、もう今度はリュート様を見ない。

だって、先程より魅力的な顔をしているに決まっていますもの！

彼の表情を見てもいないのに、顔に熱がこもるようなむず痒いような羞恥に震えて泣きたくなった。

「これくらい渡したら大丈夫かな……この後、もう少ししたら招集がかかって、その場で『魔力調整』の話になるだろうから、それまで持てばいいんだけどな」

するりと指を外され、少しずつ手が離れていく。すると先程感じたような焦燥感はなかったが、やはり寂しい。するとリュート様も困ったように苦笑して、放した手を振った。

「やべーな、かなり相性がいいのか、俺もなんだか寂しく感じる」

同じ感覚を共有しているのだと理解し、嬉しくなって再び指を絡め合わせる。彼はしょうがないなと微笑みながら、繋いでいない手を服のポケットに入れた。それからインカムのようなものを取り出して耳に装着し、どこかに連絡して話しはじめる。

そして、彼が通話を終えると同時に部屋にアナウンスが響き渡った。

『召喚術師科五十九期生・特殊クラスは、全員の召喚の儀が終わったので、A―26番教室へ集まってください』

それを聞いたリュート様が私の手を取りながら立ち上がる。

ゆっくりとした足取りで部屋を出て、部屋とあまり変わらない真っ白な廊下を歩く。しばらく歩いて、通路の壁が白からクリーム色に変わったところで、何かが顔に当たったように感じた。

払いのけるように手を動かすと、リュート様が面白いとでもいうように目を細めた。

「セキュリティーのための魔法を感知したのか？」

その言葉にこくりと頷く。

思い当たる感覚で言うなら、クモの巣に顔から突っ込んだ感じである。あまり気持ちのいいものではない。そう伝えるとリュート様は目を見開いた。

「意外と感覚が鋭いな。微弱なものだから感知も難しいはずだが……」

リュート様はそう呟き、仕切りなおすように辺りを見回した。

「さて……アナウンスのあった部屋まで行くとさっきの阿呆……ガイアスもいるが、今度は手出しさせないから安心してくれ。あと、うるせーのが何人かいるから、絶対に離れないように」

「は、はい」

「それと、悪先《アクセン》が根掘り葉掘り聞いてくるだろうが、言いたくないことは言わなくてもいい。悪意がない分質《たち》の悪い人種で、真面目に取り合うと損するからな」

アクセン……なんだかニュアンスが違いますが、さっきのアクセン先生のことでしょうか。

注意事項をいくつか聞きながら、一つ一つ覚えて頷いていると、優しく頭を撫でられる。

うわ……もっと、もっと撫でてください！　と、口から漏れ出そうになった願望を飲み込み、彼の腕にしがみついた。

「怖がらなくても大丈夫だ。俺が守る」

リュート様が「行くぞ」と言葉をかけてから扉を開き、ゆっくりと一歩踏み出した。

教室の中へ足を踏み入れた瞬間、ざわめいていた教室に耳に痛いくらいの沈黙が落ちる。

「こっちだ」

リュート様がさりげなく私の背に手を回して席に案内してくれたけれど、穴が空いてしまうのではと思うほどの不躾《ぶしつけ》であからさまな視線が向けられている。

リュート様は動じることなく歩みを進める。私は彼に付き従いながら辺りの様子を、視線だけ動かして確認した。

ここは授業を受ける教室のようだ。重厚な造りの長テーブルと一人がけのパソコンチェアのような椅子が二脚設置され、それが何組も一定の間隔を空けて置かれていた。

生徒たちは思い思いに座っているようで、座席が決まっている様子はない。

リュート様は慣れたように一番後ろの席へ私を伴《ともな》って座った。するとそれに従って、室内にいるほとんど全員が此方《こちら》に視線を向ける。さすがに怖くなり、視線を落としてしまう。

見ているだけではなく何か言ってくれたらいいのに……重すぎる沈黙に耐えきれず、自然と隣に座るリュート様の袖口をぎゅっと掴んだ。

すると彼が一度テーブルを軽くトンッと叩く。それだけで不思議なことに、此方《こちら》へ向けられていた視線の圧が一気に消えた。

驚いて顔を上げると、柔らかく微笑まれたのだが、とんでもない破壊力である。

その時、よく通る声が室内に響いた。

「全員揃っていますかー？　ああ、ガイアス・レイブン。ああいうことはもうしないでくださいねぇ。さすがに反省文だけで済ませるのは苦労したんですからねぇ」

「しかし！」

「いいですか？　二度はないですよ」

「チッ！」

見たことある顔が二人入って来る。先程私たちに攻撃を仕掛けてきた赤髪の人と、召喚獣が大好きだというアクセン先生だ。そちらを見ていると、赤髪の人――ガイアス様の腕に抱かれた火トカゲは、リュート様を見た瞬間、フリーズしたかのように固まってしまった。

可哀想に……あれは完全にトラウマになっていますね。

ガイアス様はそんな火トカゲを睨んでから、前の方に腰かけた。

それを見送ったアクセン先生が頷いた。

「さて、五十九期生・特殊クラスの皆さん、まずは召喚成功おめでとうございます。皆さんは本日この日から召喚術師としての第一歩を踏み出すわけです。初めて召喚し、契約した召喚獣は他の召喚獣とは違い、何よりも強い絆で結ばれます。今後、その絆を深めるか、消し去ってしまうかは貴方《あなた》たち次第ですよ」

消えてしまうこともあるのか……と考えていたら、なぜか不安そうにリュート様が私の手を握って指を這わせてくる。人前ですよと注意しようとしたのだが、そんな表情を見てしまったら何も言えない。

出会ってから時間がそれほど経っていないせいか『消えてしまう』という言葉は、今の私たちの心に厳しく響いた。

「召喚獣たちは、召喚主にとても好意的です。ゆえに、召喚主の言葉であれば少々の気に入らないことでも素直に言うことを聞いてくれるでしょう」

アクセン先生が、ゆっくりと周囲を見回す。

「しかし、それに慢心して酷い扱いを繰り返せば、相手だって愛想を尽かしてしまいます。今回召喚した召喚獣は、いわば貴方《あなた》たちの足りないところを補う半身。大切にしてくださいねぇ。また、授業で教えた通り、召喚獣には様々なタイプが存在しています。元いた世界では魔力を持たない召喚獣も存在しますが、貴方《あなた》たちが自身の魔力を介して此方《こちら》の世界のマナになじませてあげてください」

魔力を使えない私も多分、その部類に入る——ということは、最初から力を持っていない召喚獣も多いということなのだろうと安心した。

「最初に魔力を持たずとも、貴方《あなた》たちの魔力に反応したということは、それ相応の適応力を有しています。つまり、上手に魔力を与えることでマナの調整ができれば、召喚獣それぞれに特別なスキルが発現するはずです。根気よく付き合っていきましょうねぇ」

スキルと聞くとまるでゲームの世界のようだ。

ニコニコ語るアクセン先生は、最初に会った時のようなギラギラした目はしていないけれども、召喚獣について語るのが楽しくて仕方ないという様子が窺《うかが》える。

悪意がないからこそ厄介だとリュート様は言っていたけど、確かにそう感じても仕方がない。そう思っていた時だった。ぐるん、と音がつきそうな勢いでアクセン先生が此方《こちら》を見る。

「さて、今回皆さんは運がいい！　召喚術師の歴史が始まって五件目となる人型召喚獣に出会えたのですからねぇ！　リュート・ラングレイ、その召喚獣と意思の疎通は可能ですか？」

やっと本題にいけました！　というように満面の笑みを浮かべたアクセン先生は、私たち二人をじっくりと教壇から眺めている。それに伴《ともな》って、教室内の視線がすべて此方《こちら》へ向けられた。

そんな視線の中で、とうとう来たかといわんばかりのしかめっ面をしたリュート様は、感情を抑えた声で「問題ない」と返答した。

アクセン先生がほう、とまた目を輝かせる。

「自律思考型でしたか？」

「ルナが召喚獣っていう認識がそもそもの間違いだ。俺たちと変わらねー人間だよ」

リュート様が面倒臭そうに言うと、アクセン先生は目を見開いたまま不自然な姿勢で固まる。

ど、どうしたのでしょう、何かありましたか？

どれくらいそうしていたのだろうか、一瞬のことであったのかもしれないけれども、奇妙なほど長く感じられた。

ようやく、アクセン先生の指先が動いた、と思った次の瞬間、彼はものすごい勢いで私たちの前へやってきた。

怖い怖い怖い！　勢いが怖いっ！　表情も雰囲気も、すごく怖いですよっ⁉

なんとか悲鳴を飲み込み、必死にリュート様の体にしがみつくと、肩を優しく抱いてくれた。

それだけで、ほっと安堵してしまう。アクセン先生は奇妙な目の輝かせ方をしながら大きな声で叫んだ。

「過去に召喚された自律思考型の人型召喚獣でも、行動は緩慢《かんまん》であり、感情を表情に出すことも稀《まれ》だったと聞きます。しかし、彼女が人と変わらないということは、我らと変わらず動き喜怒哀楽の表現も豊かであるということですね⁉」

「そうだな」

リュート様が頷くと、アクセン先生は天を仰ぎ、大げさな身振りで両手を空に向ける。

「なんということでしょう！　召喚の神よ、これは貴方《あなた》の奇跡でしょうか……この幸運に感謝します！」

此方《こちら》の世界では、召喚の神様なんているのですね。そう感心していたら、私の心を読んだかのように、リュート様が「召喚専門の神なんかいねーだろ」と呟いた。

いないのですね……、思わず頬が引きつってしまう。

その間もアクセン先生は爛々《らんらん》と目を光らせている。

「これは召喚術師の新たな一ページを刻むにふさわしい！　聖都歴五六二年の報告によれば、最初の人型召喚獣は片言ではあったが話せたと言います。しかし、思考に問題があり、主人の命令を実行する際、大量の魔力を放ち、街を一つ崩壊させたそうです。次に、聖都歴六三三年の二体目の召喚は……」

なんでしょう、この召喚獣マニアは！

流れるように次から次へと言葉を繰り出し、合間に細くても分かるほど血走った目を私たちに向けてくるので恐怖しか感じない。

リュート様……お願いですからアクセン先生に、私を差し出したりしないでくださいね!?

思わず抱きつく腕に力が入ったのを感じたのか、リュート様は私の肩を抱く力を強めた。

それからアクセン先生に向かって一段と低い声を放つ。

「悪先《アクセン》、いい加減にしろよ？　話が長い上に、うるせーよ。ルナが怖がってんだろ」

「君は前から思っていたのですが、アクセントが違いますよ？　私は、ビルツ・アクセン。アクセンです」

リュート様の怒りを感じてなのか、多少冷静さを取り戻したアクセン先生は、じっくりと私たちを見て、ふーむと声を上げる。

「きらびやかな衣装ですね。どこかの国の令嬢のようです。先程のいざこざでは戦闘召喚獣ではないとガーディアンが判定していましたが、事実でしょうか」

「間違いねーな。争いがなく、魔物もいない世界から来たそうだ」

「そんな世界があるのですか!?　ほうほう……ということは、会話は十分可能で、状況判断や説明能力も申し分ないということで間違いはないでしょうか」

「そうだ」

キラキラというよりギラギラと目を輝かせるアクセン先生は、興奮したように身を乗り出してリュート様に質問を投げかけ続ける。

探究心旺盛ですね……

「あと、魔力はないが、感覚は鋭いみたいだ。ここに来る通路の魔法に反応した」

「なんと！　あんな微細な魔法にですか⁉」

「どんな感覚だったか分からねーが、手で振り払っている感じだったな」

ジッとリュート様が此方《こちら》を見るので、これは詳しく説明したほうがいいのかもしれないと感じ、とりあえず思いついた言葉を述べる。

「薄膜かクモの巣……みたいな感じでした」

「なるほど」

答えると、リュート様がアクセン先生に向き直った。

「薄膜か、クモの巣のようなイメージだったらしいぞ……、今度はなんだ？」

するとアクセン先生は目を大きく見開いて固まっていた。その目は今までで一番血走っているように見える。

「おい」

「言葉が……」

「は？」

「わ、私にも……私にも言葉が分かりましたよ！」

え？　なぜ、驚かれるのです？　普通に会話できないものなのですか？

しかし、リュート様もアクセン先生の言葉を聞いて、びっくりした様子で私を見つめる。

いつの間にか教室内もざわついていて、事の異様さをさらに伝えてきた。

私の戸惑いを感じたのか、リュート様がそっと耳元に囁く。

「普通、召喚獣の声や言葉は、召喚主以外には鳴き声や音として聞こえて、内容を理解することができない。言葉を交わせるのは、召喚主だけなんだ」

「そうなのですか？　それは会話するのがとても不便ですね」

「まぁな。でも、みんなルナの言葉は理解できるみたいだな」

「それでしたら、リュート様に通訳していただく手間が省《はぶ》けていいですね」

リュート様にかかる負担を一つ減らせるかもしれない。そんな喜びのままに笑みを浮かべると、彼は一瞬目を見開いてから優しい笑みを浮かべてくれた。

「そうだな。ルナは手がかからない上に、俺のことばかり考えてくれて嬉しいよ」

囁くように言われ、胸にジンッと甘い痺《しび》れが走る。ほんのりと頬が熱くなった。

不意打ちはよくないのです……

少し恨みがましい視線をリュート様に向けると、彼はどうかしたか？　というように首を傾げている。特に今の言葉に他意はないのだろう。それはそれで罪つくりな人だ……と小さく嘆息して、ざわついていた教室が静けさに包まれていることに気付いた。

こっそりと周囲を見渡すと、全員が異様なものを見るかのようにリュート様を見ている。

「ラングレイ様が笑った」

「嘘だろ、いつも不機嫌そうな顔をしているアイツが？」

「不機嫌な顔しかできないと思ってた」

ヒソヒソと囁かれる言葉を聞くと、そんな感じである。

どうやら、リュート様が笑うというのは、この方々にとってレアなことらしい……もったいない！　すごく素敵な笑顔ですのにっ！

アクセン先生は教室の雰囲気に、話が大きくずれたことに気が付いたようで、咳払いをして教壇に戻った。

「えー……聞きたいことは山積みですが、まずは皆さんの召喚獣を安定させてあげるのが先ですねぇ。では、今から契約したての召喚獣についての説明を行《おこな》いますよ」

私も慌てて視線をリュート様からアクセン先生に戻す。

まだ正確に召喚獣がどういうものであるのか分かっていないのだ。アクセン先生から知識を得ようと耳を傾けてみると、知らなかったことが次々と明らかになっていく。

最初に契約した召喚獣は、特に召喚主と深い繋がりを持ち、『専属召喚獣』と呼ばれる。つまり、その場限りの召喚ではなく、召喚主と常に共にあり続け、召喚主が死ぬまで消えることはない。

話によると、昔は隷属に近かったそうだ。

召喚獣をほとんど強制的に働かせ、死ねば次の召喚を――という、非道極まりない行為がなされていた。

しかし、事態を重く見た召喚術の祖であるヤマト・イノユエという魔術師は、国の重鎮と共に『召喚術の規定』と『召喚獣の保護』そして、『召喚術師の責任と罰則』にまつわる法を作り、それに神々も手を貸して現在に至る。それにより主従関係というより対等なパートナーに近いこのシステムが生まれたそうだ。

また、昔は魔力とスキルさえあれば召喚術を使えたようだが、現在では細かく規定が設けられている。

まず、召喚術師は、『称号を持つ家』の者であること。

召喚主は、最初に契約した者を専属召喚獣とし、必ず国へ届け出ること。

年に一度、国が行《おこな》う健康測定に、召喚獣を連れて登城すること。

召喚術のスキルが発現したら、国指定の学園へ入学すること。

召喚獣を不当に扱ったり死亡させたりした場合、厳罰に処されること。

以上のことが承服できない者、及び、違反した者は、国直属の宮廷魔術師から『召喚術才能スキルの儀』を、創世神ルミナスラの名において執行される——などなど。

複雑極まりない説明を受けたのだが、……どうしてもツッコミたい部分があった。

召喚術を確立した人の名前は、日本人のものですよね？『ヤマト』という名前は言わずもがな。

『イノユエ』という家名もご近所の陽気な留学生が、お隣の井上さんを『イノユエ』と呼んでいたので、日本人のものでほぼ間違いないだろう。

次に気になったのは『称号』を持つ家についてだ。階級という視点で考えるなら、グレンドルグ国で言うところの貴族に近いけど、この世界では『称号持ちの家＝神の加護を持つ家』なのだという。つまり家によって加護を与えている神が違い、個人が所有するスキルの強さは、本人の資質以外にその家に加護を与えた神が持つ力に大きな影響を受けるそうだ。

神がそんな簡単に人に力を与えてもいいのだろうかという疑問が浮かぶのは、私が異世界の人間だからかもしれない。

「称号持ちの中でも、この世界を守護する『十神』から加護を得た家の者たちは上位称号持ちと言われ、それぞれが特別な力を宿しています。リュート・ラングレイの【聖騎士】やガイアス・レイブンの【召喚術師】もそうですねぇ」

……え？

思わずリュート様の方を見ると、彼は視線を逸らしただけで否定はしなかった。つまり、彼は上位称号持ちで間違いないということなのだろう。

今紹介された以外に、まだ八つも上位称号が存在することにも驚きだが、一つ分からないことがある。

なぜ『称号』を持つ家だけしか召喚術を使えないのだろうか。

ノートを取るわけでもなく、開いたままの真っ白なページの上にペンを転がすリュート様を眺める。質問したいけれども、アクセン先生の話を遮《さえぎ》ることでまた血走った目で詰め寄られるのは遠慮したい。

声を出すのがダメなら書けばいいと考えて、転がっているペンを握った。

それからノートの隅に日本語で「どうして称号を持つ家しか召喚術が使えないのですか？」と書く。

すると、それを見たリュート様は目をパチパチさせた後、私の耳に唇を寄せて低く囁いた。

「召喚獣は維持費がかかるんだ。適した環境や食事、寝床や装備のように、人を養《やしな》うよりもずっとコストがかかる。それに、神々の加護を持つ家の者でなければ、召喚術を発動させるだけの魔力を持てないことも理由だな」

「そうなのです！」

ひぃぃぃぃっ！　せっかくアクセン先生の注意を引かないように文章で質問したというのに、これでは意味がありませんでしたあぁぁっ！

アクセン先生の大きな声に驚き、私は慌てて隣のリュート様に抱きついた。

慣れたように抱き返してくれる彼の「大丈夫だ」という言葉に癒やされながらも、迫り来るアクセン先生に戦々恐々である。

しかし、あんな小さな声でよく聞こえましたね……此方《こちら》をずっと窺《うかが》っていたのでしょうか。

「召喚獣の住みよい環境は、それぞれ違います。例えば……そう、ガイアス・レイブンの炎を纏《まと》うトカゲは、冷気に弱い。つまり彼が住む部屋の温度は高いほうがいいのですが、それでは召喚主のほうがバテてしまいます。……さて、ガイアス・レイブン。君はどう対策をしますか？」

「簡単だ。コイツの体を取り巻く炎を外気から遮断して反射させ、己の熱で体を温めさせればいい。コイツに着せる専用のフードでも作れば、他の者たちがコイツの熱で怪我をすることもなくなるだろう」

「いい答えですねぇ！　さすがは【召喚術師】の称号を持つ者です！　今度、君の家にある資料を閲覧させてくださいねぇ」

「来るな」

ガイアス様、ものすごく嫌そうな顔をして答えましたね……いえ、気持ちは分かりますよ。怖いし、一度やってきたら数日どころか、ずっと居座り続けそうですものね。

断られても、アクセン先生はめげる様子一つなく話し続ける。

「まあ、つまり、その専用フードを作るのにも、かなりの投資が必要なわけです。耐火、防熱、外気遮断など、様々な効果が付与されている素材からフードを作り上げなければなりません。召喚獣の持つ熱の温度により、必要な技術も素材もランクが変わってくる。その分金額も上乗せですねぇ」

わぁ……っ、つまり……すごく高いということですね。召喚獣って、そんなに金食い虫なのですか⁉

称号持ちの家だけが召喚術師になれるという意味が分かった気がします……セレブ専用ですね。

「それに、召喚獣を召喚するのに必要な魔力量は膨大です。そもそも一般人には、召喚の術式すら理解できないでしょう。魔力を具現化する術式を編み出すのに消費する魔力は、生活で必要になる魔力と桁が違いますからねぇ。ちなみに……君の主は、この国一番の魔力保有者です」

アクセン先生が意味ありげな視線を此方《こちら》に向ける。

分かっています……それは言われなくても察しはついていましたから大丈夫です。

頷いても、アクセン先生はニコニコと笑って私から目を逸らさない。

「とても優秀ですねぇ、私の話に疑問を覚えたということは、この世界について学ぶ意欲があるということ……リュート・ラングレイ。彼女への講義は、是非とも私にさせてくださいねぇ！」

「断る。俺がやる。お前は来んな」

シッシッと、犬猫でもあしらうような手付きでリュート様がアクセン先生を追い払う。しかし、アクセン先生はリュート様の酷い扱いにめげずに話を続ける。

「最初に召喚される召喚獣は、術者の足りないものを補う最高のパートナーと言われています！つまり、リュート・ラングレイ、君の足りないものを、彼女が持っているということなのですよ。この国最高戦力たる君に足りないもの……実に興味があります！」

リュート様に足りないもの？　既にチートじみたこの人に、足りないものなどあるのだろうか。

そっと手を挙げて聞いてみる。

「私は戦えない上に、なんの力も持ちませんが……」

「いいえ！　今から行《おこな》う『魔力調整』により、いずれ貴女《あなた》にもスキルが発現するでしょう。それは、きっと彼の役に立つはずです。リュート・ラングレイは戦うことに特化している面がありますから、戦闘スキルではないと思いますがねぇ」

それでは戦うリュート様を支援できないではないですか……アクセン先生の言葉で落胆していると、リュート様が私の顔を覗き込んだ。

「大丈夫だ。そんなことを心配しなくても、俺は、初めての召喚獣がルナでよかったって思っている。だから、ずっと俺のそばにいてくれ」

だからまるで愛の告白ですよ!?　ほ、ほら、女生徒の方々が頬を染めていらっしゃいますから、そういうことは言わないでください！　――なんて、私が面と向かって言えるはずもなく、真っ赤になって俯《うつむ》くだけである。

それに……そう言われて嬉しくないはずがないのだ。

今まで疎《うと》んじられ、虐《しいた》げられる境遇が当たり前であったのに、存在を認めてくれているどころか、大切に守ろうとしてくれている。それが嬉しくて、胸がぎゅーっとしめつけられるように苦しい。

『そばにいてくれ』という彼の嘘偽りのない言葉に、冷たくされることに麻痺して、傷つかないように強固に心に纏《まと》わせていた鎧《よろい》が、どんどん剥がされていく。

「……おそばにいます」

そう返答するだけで精一杯だった。

するとリュート様は私の肩を軽くぽんっと叩く。視線だけ上げて見れば蠱惑的《こわくてき》に目を細められ、再び机の木目《もくめ》を注目することになってしまったのは仕方がないことである。

無駄に色気を振りまく召喚主は、どうしたらいいのでしょう……心臓に悪すぎます！

「さて、そろそろ本題に入りましょうか。一番大切な『魔力調整』の話をしないといけませんからねぇ」

教壇へ戻ったアクセン先生の言葉に教室内の生徒の雰囲気が一転する。

全員の顔が真剣味を帯《お》び、肌を刺すような緊張が満たす空気でその話が重要なのだろうと察した。

「いいですか？　召喚術師が使う術の中で一番大変なのは、この『魔力調整』です。その説明を行《おこな》う前に一つ確認をしておきますが……ノーネームの召喚獣は、このクラスにはいなかったということで間違いありませんね？」

ノーネーム？　言葉通りの解釈であれば、名前がなかったということでしょうか。

「元々、魔力と召喚術の素質が高いメンバーばかりが集められたクラスなので確率は低いと思いますが、全く存在しないわけではありませんからねぇ。ノーネームでも恥ずべきことではありませんよ？　全員、ネームドだったという解釈でよろしいですか？」

真剣な表情でクラス全員が頷いたのを確認してから、私の視線に気が付いたのかアクセン先生は目を瞬《しばた》かせた。

「おや？　不思議そうな顔をしていますねぇ」

「あ……あの……ネームドとノーネームとはなんでしょう」

「召喚された召喚獣に、名前があるかどうかです。貴女《あなた》は見るからに人間ですから、名前をお持ちでしょう？」

「は、はい。私はグレンドルグ王国に仕えるクロイツェル侯爵の長子でルナティエラと申します」

「な……なんとっ！　あなたは姓と階級を持つのですかっ⁉　なるほど……だから、この世界の人と意思疎通ができるのかもしれませんねぇ。ああ……本当に今日はなんと幸運な日なのでしょう。私は歴史の新たな一ページをまさに今、目にしているわけです！　召喚獣の歴史上、初の姓と階級持ちが召喚されたのですから！」

天を仰ぎ、再び誰ともしれぬ神へと感謝しているアクセン先生を呆然と見やり、突き刺さる周囲の視線にさらされながら軽い目眩《めまい》を覚えた。喋るたびに大事《おおごと》になっている気がして、リュート様の迷惑にならなければいいと祈るばかりだ。

「悪先《アクセン》。魔力調整の話をしろよ。そろそろ召喚主の魔力を補給しねーとヤバイのも出てくるぞ」

「おや、君が言うのならそうなのでしょうねぇ。では、急ぎましょうか」

リュート様が前に向けた視線を追って、アクセン先生は小さく頷いた。

気になって二人が見ていた方向へ視線を向けると、一人の生徒の横で小さな子犬が不安げに震えている。その姿は怯《おび》えているようにも見えた。

ヤバい、とはどういうことでしょう？　分からないことだらけです。

「話を戻しましょう。さて、皆さんは覚えているでしょうかねぇ。世界というものは、我々が考えている以上に多く存在するということを――そして、全ての世界の生命が魂の器たるマナを持っていることを……」

どうですか？　と、問いかけるようにアクセン先生は周囲を見渡す。そして生徒が頷いている様子を確認してから、教卓に透明なグラスを出した。

「では魔力を持つ私たちと同じ魂の器《マナ》を持ちながら、なぜ他の世界から来た召喚獣が『魔力がない状態』になるのかお話しましょう。このグラスをマナ、液体を魔力だと見立てて説明しますねぇ」

そう言ってアクセン先生は指先を、中身が空っぽのグラスへ向ける。

すると透明なグラスに黄金色の液体が満たされていき、縁ギリギリで止まった。

「これで、マナの内側に魔力が満たされている状態になりました。元の世界で魔力のない召喚獣は、ここで魔力の流れがストップします。我々のようにマナから肉体へ魔力を満たすことがないため、魔力を使うことも、感知することもできません」

本当は感知できないだけで誰もが魔力を持つ――ということでしょうか。

静かな教室でアクセン先生の声が響く。

「次に、マナが理《ことわり》に縛られる存在だと言うことも、覚えていますか？　理《ことわり》は世界によって様々です。違う理《ことわり》を持つマナは、この世界のマナと反発し、食らい合います」

リュート様から聞いていた説明と同じ内容だ。

変な人だけれども、やはり教師。ためになる話をしてくれるのだとホッとする。

「つまり我々術者が世界と彼らの間に入って己の魔力を召喚獣に渡すことで理《ことわり》の書き換えを行《おこな》い、この世界に慣れさせなければ、召喚獣は衰弱していずれは死んでしまうでしょう」

アクセン先生の言葉に、教室内の生徒はそれぞれ厳しい表情で身を固くして、思わずといったように自分たちの召喚獣に触れる。

その行動からは、自分の召喚獣を死なせたくないという意志が感じられ、心がじんわりと温かくなった。握られていたリュート様の手にこもる力を感じ、どうしようもないくらいの喜びに満たされる。

きっと、私だけではなく他の召喚獣たちも、同じような喜びを感じていることだろう。

後ろから見ても分かるくらい、ゆらゆらと機嫌よく尻尾が揺れていたり、長い耳がピクピク動いていたり、甘えたように召喚主にすり寄っていたりする。

可愛い！　こ、これは私もすり寄るべき……なのでしょうか？

チラリと彼を見れば、来るか？　と、色気たっぷりな視線で問われ、顔に熱が上がってくる。涙目で必死に首を振った。

ごめんなさい！　もしも、今のリュート様にすり寄ったりしたら意識が飛んでしまいます！

「残念」

小さく聞こえた言葉は聞かなかったことにして、赤くなっている頬を手で軽く叩き、気を取り直して授業を聞く。

続いて語られるアクセン先生の説明では、この『魔力調整』によって召喚獣の体調はずいぶん変わってくるという。それだけではなく、私たち召喚獣は『魔力調整』でマナの書き換えが行《おこな》われることにより、この世界の理《ことわり》に従って、それぞれに見合ったスキルが発現する。

できることなら、リュート様に役立つスキルが欲しい。そうしたら、喜んでくれるでしょうか。もっと笑顔で「よくやった」って褒めてくれて――それはとても嬉しくて幸せでしょうね。

それらの説明を終えて、アクセン先生の目がキラリと輝いた。

「では、『魔力調整』を行《おこな》いましょう。『魔力調整』が難しいと言われる理由の一端は、召喚獣の状況把握力にあります。召喚獣は、『魔力調整』時には、まだ自分がどういう状態であるのか認識しづらく、言葉にして伝えることがとても難しいのです。慣れてくれば、どういうものかイメージを伝える術《すべ》を持ちますが、それくらいになった頃には、魔力調整の必要性がなくなっていますからねぇ」

一言で召喚獣と言っても、タイプは様々だ。意思を持たない者、意思があっても言葉を持たない者、両方兼ね備えていたとしても上手く伝達できない者など例を挙げたら切りがない。先人たちの数少ないデータを基に、召喚獣の状態を把握していくのが常であったという。

「だがしかし、彼女なら言葉にすることが可能でしょう！」

私を力強く……いや、力強すぎて怖い瞳で、アクセン先生が見つめてくる。

「さあ！　リュート・ラングレイ！　ドーンと魔力を渡してあげてください！」

「ただ多量に魔力を渡すだけじゃねーだろうが……そんなことしたら、ルナが壊れちまう」

ブツブツ文句を言いつつも、こうなると分かっていたのだろうリュート様は呆れ顔である。

「それが分かっている君だから、適任者だとも言えるのですよ！」

軽やかにアハハハと笑うアクセン先生を、私たちはジトリと見つめるけれど、気にした様子はない。目の前の教師から悪意は微塵《みじん》も感じないが、人の心の機微に疎《うと》い根っからの研究者気質のようだ。

「実は、初めての『魔力調整』中の召喚獣が何を感じているのか、我々召喚術師がどれだけ研究しても分からなかったのですよ。召喚獣によって個体差があるため、マニュアル化は難しいのです。しかし、今回は彼女のおかげで召喚されて間もない召喚獣への魔力の流れや、その時々の状況をリアルタイムで確認することができます！　召喚獣である彼女が何を感じているのか聞けるというのは、とても貴重な体験ですから、皆さんは二人の様子を参考にして魔力調整を行《おこな》ってくださいねぇ」

私が言葉にすることで、他の召喚獣たちが健やかに過ごせるようになる可能性があるのだと言われると、断ることもできない。

あの可愛い子たちが苦しむ姿なんて見たくはないので、全力で頑張らなければ！　そんな使命感が湧きあがる。

「分かりました！　できるだけ言葉にすればいいのですね？」

「はい！　お願いします！」

ずいっと顔を近づけて、そんな目をキラキラさせて言わないでください。勢いが本当に怖いです！

「じゃあ、ルナ。手を……」

「はい」

契約をした時と同じように彼の手に手を重ねると、アクセン先生がきょとりと私たちを見る。

「あれ？　セオリー通り……」

「アホか！　膝の上に乗せて、体を撫で回して魔力を渡すとかどう考えてもヤバイだろ！　俺が捕まるわ！」

「そうですねぇ、召喚獣だと言っても、見た目が麗《うるわ》しい女性だとさすがにマズイですねぇ」

膝の上……と、思わず見ていたら、「さすがにやらねーから、心配しなくていい」と安心させるように言われ、少々残念に感じたことは内緒にしておいた方がよさそうである。

しばらくすると、リュート様と重ねている手から、何かが流れ込んできた。それが徐々に温度を持ち始めると、視覚にも変化が起こりはじめる。リュート様の全身を覆うような黄金の淡い輝きが、手を通して私の中にも流れ込んできているのがハッキリと見えるようになったのだ。

先程まで、何も見えなかったのに……ずっと、こんな状態だったのでしょうか。

「ふむふむ、魔力の輝きは最上級の黄金ですか、さすがですねぇ。さて、魔力がずいぶん流れ込んでいるようですが、感覚としてはどうですか？」

「じんわりと体に浸み込んでくるようです。例えるなら、冷たい手を温かいお湯につけた感じです」

目を閉じて呟けば、「なるほどなるほど」とアクセン先生がメモを取っているのか、何かを書く音が聞こえる。

「想像しやすい例えをありがとうございます。強弱はどうでしょう」

「もう少し強くてもいい感じです」

私の様子を見ながら、リュート様は魔力を流し込んでくれているようだ。私の言葉の後、先程少しだけ魔力を譲渡された時とは比較にならない量の何かが流れ込んでくる。その感覚に驚きとともに、奇妙な安堵感を覚えた。

「先程よりもさらに魔力が流れているようですが、今はどういう状態ですか？」

「今は……落ち着いていて、とても安定しているのかポカポカします。湯船につかっているみたいな感じですね」

「……湯船とは？」

なぜか戸惑ったような返答が来たので、湯船の意味が分からなかったのだろうかと目を開いたら、リュート様がうーんと唸ってから「肌寒い日に布団にくるまって眠るような感覚だな」と私の代わりに説明をしてくれた。

そのフォローにほっとして目をまた閉じる。リュート様の手のひらから流れてくる魔力は、とても優しく、温かく心を満たした。

数時間前はやってもいない罪を着せられ、それが無実だと証明することもできず、殺されるかもしれないところだった。逃げられない運命なのだと諦めかけた時、リュート様の召喚術が発動したのはいいタイミングだったと言える。

偽りの罪を認めたくないと気丈に振る舞っていたけれど、本当は誰かに助けてほしかった。

私を救ってくれた彼の手を……ルナティエラ・クロイツェルではなく、単なるルナティエラとして求めてもいいのだろうか。許されるならば……

——誰にも愛されていない、役立たずなのに？

そんな温かな夢想に浸っていたのに、ゾッとするような声が私を現実に引き戻した。

棘《とげ》のある言葉が私の内側からリュート様の魔力を拒絶するかのように根を張る。温かな魔力に満たされていた心の奥底から、黒い蔦《つた》のような異物が這い上がってきて、背筋が粟立った。抗《あらが》いたいのに侵食されていく無力な自分が悔しくて、苦い思いが胸いっぱいに広がっていく。

「ん？　冷たくなった？」

「どうしましたか、リュート・ラングレイ」

「ルナの様子がおかしい」

私の変化にいち早く気付いたリュート様が、眉根を寄せて瞳を覗き込んでくる。

「なんだこれ。魔法……じゃねーな。呪いか？」

声を出そうとするが出せない。ただこの温もりから離れなくては……と、そんな思いばかりが溢れて無意識にリュート様の手を振りほどこうと身を捩《よじ》るが、腕の力だけで押さえ込まれてしまった。

「逃げようとすんな。精神に直接影響する呪いか」

すぅっと細められたリュート様のアースアイが、私の奥の奥まで見通すように見つめてきて息もできない。煌《きら》めく宝石のような彼の瞳に私が恐怖を覚えているのではなく、私の奥底にある『何か』が彼の視線から必死に逃れようと足掻いているのだと気付いた。

まるで、意識が二つあるようで気持ちが悪い。

腕をばたつかせていると、誰かが私の前に立った。前の席に座っていた女性だ。

「その方ずいぶんと質《たち》の悪い呪いをかけられているようですわ」

「イーダ、分かるか？」

イーダと呼ばれた銀髪の女性が頷く。眇《すが》められた深い青の瞳は厳しい印象を抱かせるが、彼女の軽やかな髪を右サイドで結うリボンが、その印象を幾分か和《やわ》らげている。

彼女の放つ雰囲気に気圧されたのか、私の中で黒い蔦《つた》がわずかに震えた。

それすら見透かしているかのように、彼女は机越しに私を見つめて言った。

「アクセン先生、時間をいただいてもよろしいですか？　わたくしが対処できるかもしれません」

「ええ、【聖女】の称号を持つ貴女《あなた》なら私よりも役に立つでしょう。私は念のために救護室へ連絡を入れますから、それまで彼女をお願いしますねぇ」

そんな言葉とともにアクセン先生が部屋を出ていく。彼女はそれを見送り、私の頬に手を当てた。

「強く想う相手ほど跳ね除《の》けようとする力を発する、人避けの呪いですわね」

「ルナがいたのは魔法のない世界だったはずだが……」

「呪いは、魔法が確立する前からある古い術ですわ。人の念が原動力ですから、魔法がなくとも使えるはず……しかし、質《たち》が悪すぎて吐き気がしますわね」

呪い――そんなものをかけられた覚えはないけど……

相変わらず身動きが取れずに、ぼんやりとそう思っていると、女性の横から鮮やかなオレンジ色の髪をした青年が身を乗り出した。

「俺も嫌なものを感じる。さっさと解呪してやってくれんか。か弱い女性が苦しんでいるのも好かんが、友のリュートがそんな顔をしているのは見ていて辛い」

「ええ、同意見ですわね」

そんな顔？

その言葉につられてリュート様を見ると、とても辛そうな顔をしていて胸が痛む。

リュート様、そんな顔しないで、傷つかないで……

――傷つけたくないなら、離れなさい

自分とは違う意思が体内でうごめき、主張する。

なんだろう、この禍々《まがまが》しいものは……今まで感じたこともなかった。いつの間に、こんなものが私の中にあったのだろう。

「ルナ……」

リュート様に肩を強く抱かれ名を呼ばれる幸福感と、奥底から湧き上がる、言葉にできない嫌悪感に似た感情――幼い日に、コレと近いものを感じたことがある。

いつ……と、記憶を探っても、明確な答えは出ては来なかった。

銀髪の女性は苦しむ私の様子を見ながら、私の額にひんやりとした手を当てた。

「……っ」

彼女の手から流れ込んでくる何かを感じて、体が勝手に動き出した。しかし私の手が彼女を払いのけようとすると、リュート様の腕の力が強くなり、完全に私の動きを封じる。

一向に言うことを聞く気配がない体に唇を噛みしめた。

「大丈夫だ。ルナの意思じゃないって分かっているから、そんな泣きそうな顔すんな」

優しく言い聞かせられ、リュート様が私の状態をちゃんと分かってくれていることが嬉しい反面、変なものに体の主導権を握られてしまっていることが悔しかった。

「――でも、暴れたルナが怪我したら可哀想だから、少し我慢してくれ」

彼は優しい声で囁くように言って、私の体に手を強く押し当てた。同時に魔力が一気に流れ込み、私の内側で好き勝手に暴れていた黒い蔦《つた》は慌てて魔力をどうにかしようと右往左往し始める。

その瞬間、自分の意思で少しだけ体が動かせるようになった。

銀髪の女性が目を見開くのが見える。

「何をしましたの？」

「ルナが受け入れられるギリギリの魔力を与えた。内側で暴れているヤツも、今頃驚いているだろう。だが、さすがに何回もコレをするのはルナの体が危険だから、早急に対処してやってくれ」

「呪いをリュートの魔力だけで抑え込んでおりますの？」

「そりゃ、そんな呪いより俺の魔力のほうが強いに決まっているだろ」

確かに、意識の内側に触手を伸ばしていた黒い蔦《つた》は、現在進行形で絶賛逃げ惑っているようだ。

「呆れた。でも、今のうちですわ、急ぎましょう」

ぼんやりする意識の中で、彼女の綺麗な指が私の額に何かを描くのが分かった。

くすぐったいと思っていたのは一瞬で、ひんやりとした何かを感じる。リュート様を見ると、彼は私を安心させるように優しく頬を撫でてくれた。額は冷たく、頬は温かく……ぼんやりする意識が、余計に霞《かすみ》がかったようになって頼りない。

「この呪い、幼い頃にかけられたようですわ。ずいぶんと根深い……これでは、友人どころか親の愛情すらまともに与えられなかったのでは……」

「それが『破滅』の原因だったってのか」

リュート様に支えられながら、女性の手が額や頬や首筋に次々に触れていく。

再び妙にざわつく感覚が現れて身を捩《よじ》ろうとするのだけれど、いち早くリュート様に押さえ込まれてしまった。

「すまねーが、浄化魔法を頼む」

「ええ、お安い御用ですわ。こんな悪しき呪いを野放しにしては【聖女】の称号を持つ、我がカーラー家の名折れです」

最後に冷たい指先が触れたと同時に、私の内側を這って魂すら搦《から》め取ろうとしていた黒い蔦《つた》が霧散していくのを感じた。

「くぅっ……」

「ルナ」

痛いのか苦しいのかも分からない。ただ、私の内側ごと焼かれるような感覚が、言葉にならないほどに気持ち悪くてもがいてしまう。銀色の光が私の内側からすべてを染め上げ、何も分からなくなっていく。誰かの手が頭を撫でた感触を最後に、プツリと私の意識は途絶えてしまった。

第二章　学園の購買部と聖都レイヴァリスの街並み

明るい――

瞼《まぶた》の裏にまで届く光を感じて、なんとか体を動かそうとする。しかし、思うようにいかず、鉛のように重い体に苦戦していると、誰かが私の頬を撫でた。

「うなされてんな」

「貴方《あなた》はちゃんと寝ましたの？」

「多分……寝た」

「朴念仁のリュートが全く信じられませんわ。人はこうも変わるものかしら」

「イーダ……お前にだけは言われたくねーわ」

ある程度はっきりと聞こえてきたのはリュート様と女性の声だ。他にも何人かいるのかボソボソと話し声が聞こえてくる。

「ベッドサイドで騒ぐのは感心せんぞ」

「全くですよ」

「静かにしたほうがいい」

いま聞こえた声だけでも五名ほどいるようだ。リュート様と銀髪の女性以外は分からなかったが、彼の声のトーンからリュート様と親しい間柄だろう。注意されてからはさらに二人は声を潜《ひそ》めて話をしているが、元々の声が大きかったため、話している内容は問題なく耳に入ってくる。

「あれから、一度も意識は戻っておらんのか」

「ああ……できることなら、代わってやりてーな……」

「……本当に変わりましたわね、貴方《あなた》」

呆れたような女性の声が聞こえてくるが、それに対するリュート様の返答はない。

続けて初めて聞く男性の声が耳に入った。

「その変化……召喚獣への溺愛っぷりが奇妙だったので少し調査しましたが、魔法をかけられた形跡もありませんでしたし……」

「はぁ？　調査って……お前——」

「それくらい、リュートの反応は変だと言っているのですよ。いきなり、彼女への好感度が高すぎませんか？　今までリュートが女性にとってきた態度を考えると、いくら初めての召喚獣であっても、親しい者であれば、あれはおかしいと思いますよ」

「そ、それは……」

口ごもるリュート様は、どう答えていいか分からないように黙り込んでしまう。

どうしたのでしょう。そういえばアクセン先生は、召喚獣は主に好意的とおっしゃっていましたがもしかして私がリュート様を慕わしく思うのも、私が召喚獣だから……なのでしょうか。

しばらく室内に奇妙な沈黙が流れたが、その沈黙を破ったのはリュート様を問い詰めていた男性だった。

「いや、まさか……でも、ありえない話ではないですね。リュート、もしかして……そういうことですか？」

彼の問いかけに対し、リュート様は無言であった。しかし、かすかに動いた気配がしたので、なんらかの返答をしたようだ。

「なんだ……そういうことですか」

その言葉と同時に、リュート様を除く全員から安堵の溜め息が漏れたのが聞こえた。何かを警戒して気を張っていたのかもしれないが、杞憂に終わったようである。

打って変わって男性の声が柔らかくなる。

「余計な心配だったようですね」

「あのさ……」

「言いませんよ。そんな野暮なことをすると思われているなんて、心外です」

「い、いや、そういうつもりじゃなかったんだけど……なんか、すまねーな」

どうやら話はついたようで、緊迫した空気は霧散した。

今は周囲の人にからかわれているようだが、肝心な言葉をぼかしているため、いまいち状況が掴めない。しかし、なんとも楽しそうな雰囲気が微笑ましい。

私の体も、そろそろ動いてくれないでしょうか……

意識は戻っているのに、全く体が動かないのはとても奇妙な感覚である。

思いっきり腕を振り上げるイメージで力を込めたにもかかわらず、現実は人差し指がわずかに動く程度であった。

これは時間がかかるかも……と考えながら瞼《まぶた》を開こうと頑張っていると、瞼《まぶた》が痙攣《けいれん》したように震えたのを感じた。

「ルナ？」

リュート様が控えめな声で私の名を呼ぶ。その声に励《はげ》まされ、さらに力を入れると、うっすらと開いた目から室内が見えるようになった。心配そうなリュート様が此方《こちら》を覗き込んでいる。

「リュート様」

「よかった。目を覚ましてくれたか……心臓に悪《わ》りぃ……」

「ここ……は？」

「学園にある召喚獣専用の医務室だ。とりあえず、意識はしっかりしているようでよかった。体は痛くないか？」

「あ……はい、痛くはありません。ただ……少しだけ怠いです」

「そっか……ごめんな。無理をさせちまった」

「いいえ、あの変なものが消えたのならよかったです」

私の言葉に、リュート様が表情を曇《くも》らせる。どうしたのだろう、と思っていると銀髪の女性が私の前に進み出た。

「わたくしの力では、アレを完全に浄化することはできなかったの……ごめんなさい」

「そんな！　私こそご迷惑をかけてしまってすみません……！」

深々と頭を下げた女性に慌てて首を振る。しかし彼女は小さく唇を噛んだ。

「多分、呪いがあることも知らなかったのでしょう？　ここまで高度な呪いであれば、意識しないレベルで記憶にも影響があったかもしれない……そんな邪魔なものを解呪しきれないなんて【聖女】の名折れですわ」

彼女――イーダと言ったはずだ――の説明によれば、一度浄化はしたが呪いの根源は残っていて、【聖女】である彼女の力をもってしてもすべてを浄化することはできなかったという。

その隣に立っていたオレンジ色の髪の男性が首を傾げる。

「イーダの力をもってしても、解除しきれないとは……恐ろしい呪いだな」

「厄介ですね……普通の魔法ならばリュートがいればなんとかなりますが、呪いは魔法と根本が違いますから……」

「シモンの言う通りだ。呪いに対しては神から授かった『浄化』以外の力を行使するような迂闊《うかつ》なことはできない」

次々に投げかけられる言葉に目を白黒させていると、リュート様は私の混乱を察したのか鋭い視線を彼らへ向けた。

「お前らの考えは分かったが、まずは自己紹介が先だろう？　こんな初歩的なことを言われないとできねー歳は、とうに過ぎたはずだが？」

リュート様の言葉を聞き、四人はハッとした顔をして姿勢を正す。

これだけで、リュート様が四人にとって兄みたいな立場なのだと理解することができた。

「では、まずは僕から自己紹介させていただきますね」

そう言って前へ進み出てきたのは、柔らかそうな萌黄《もえぎ》色の髪と深い紫色の目をした、人当たりのよさそうな青年だ。彼はシモン・ビュッセルと名乗り、軽く頭を下げる。

家が持つ称号は【宰相】であり、称号からも分かる通り、遠くない未来にこの国の宰相となることが約束されている人物だという。

同じ宰相の家の方でも、アルバーノ様とは違いすぎますね。

連れている召喚獣は、思わず「可愛い！」と抱きついてしまいそうなふわふわな毛をした二足歩行のラッコで、名前はタロモというそうだ。

丁寧な態度でお辞儀をし、照れたようにシモン様の後ろへ隠れてしまうところを見ると、少し引っ込み思案なのかもしれない。

「次は俺だな」

シモン様の隣に並んだオレンジ色の髪と黄色に近い金の瞳、浅黒い肌が特徴的な筋骨隆々の青年は、レオ・バラーシュだと元気よく名乗りを上げた。それからニカッと太陽のように明るく笑う。称号は【拳聖】で、その称号に恥じぬ鍛え抜かれた肉体は見事の一言である。裏表のない性格でサッパリとしているが、デリカシーに欠けるとよく言われるのだと笑って自己申告してくれた。やや反応に困ってリュート様を見るとフォローすることもなく呆れたように無言で頷いている。

潔《いさぎよ》いですね……

連れている召喚獣は、マスコットのような二頭身の小さなライオンの姿をしていて、名をガルムという。

目つきが鋭く少し怖いけれど、フンッと鼻を鳴らした後に尻尾はふりふり振っていることから、素直じゃないだけなのかもしれない。

「次はわたくしですわね。イーダリア・カーラーと申します。【聖女】の称号を持ってはいますが、イーダと気軽に呼んでくださいね」

さすがに失礼ではないかと心配したのだが、銀髪に青い大きな目の美女に凄まれたら首を縦に振るしかなかった。愛称呼びを許してくれるなんて友達みたいで嬉しくなってしまう。

連れている召喚獣は、小さな翼がはえた白猫でファスという名前らしい。

ファスは好奇心旺盛な様子で私たちを眺めると金と銀のオッドアイを細め、なぜか私に飛びかかろうとしたところをリュート様に問答無用で捕獲され、イーダ様に突き返されていた。

イーダ様のリボンと同じものを首輪代わりにしていて、チリリンと鳴る鈴が可愛らしい。

「最後は私だな」

桔梗《ききょう》色のショートボブを揺らし、葵《あおい》のような緑色の瞳をした彼女は、四人の中で唯一眼鏡をかけている。やや小柄な彼女は眼鏡をクイッと上げながら私を見て、少し顔色がよくなったと安堵したように笑ってくれた。ぶっきらぼうな喋り方ではあるけれども、とても優しい人のようである。名前は、トリス・ブラントと言い、【司書】の称号を持つ家の長女だそうだ。

彼女の家は代々、この国にある魔導図書館の管理を任されているらしい。

召喚獣はタキシードを着た小さな黒いクマで、名前はチルだと紹介される。それと同時に頭を丁寧にペコリと下げてくれたので慌てて頭を下げ返した。

自己紹介が終わり、全員が上位の称号を持ち、地位や権力を持つ家であることに驚く。

これは失礼がないように私も自己紹介をしなければ。

そう思って、立ち上がろうとしたのだが、リュート様に片手で押さえ込まれてしまった。

「まだ意識が戻ったばかりで、体がうまく動かないだろう？　無理はするな」

「ですが……」

ほぼ初対面の四人に対し、それはあまりに無礼ではないか。

そう思ったが、四人は一斉に首を振って私に言った。

「楽な体勢で話せばいい。俺たちも好き勝手にくつろいでいるのだからな」

レオ様が、ぽんっと頭の上にガルムを乗せて椅子に腰かける。

他の三人も、思い思いにくつろいでいる様子である。困ってリュート様を見上げると、笑って首を振られた。

「こいつらは俺の幼なじみだから遠慮しなくていい。何かあったら助けを求めるくらいでもいい奴らだ」

「そ……そうなのですか？」

私の言葉に、レオ様が頷く。

「リュートは敵も多いからな。困ったことがあれば俺たちに聞くといいぞ」

「またお前は余計なことを……」

レオ様の物騒な言葉に目を瞬《しばたた》かせると、リュート様が顔をしかめた。それをとりなすようにイーダ様が肩をすくめた。

「まあ才多き人間には敵が付き物と言うことですわ」

それに頷いて、シモン様が割って入る。

「それよりも、みんなの朝食をいただいてきましたから、ここで一緒に食べませんか？　今は学食へ行くと面倒ですから、前もって飲食の許可をいただいてきました」

「さすがシモンだな。今は人型召喚獣の話で持ちきりだから、仕方あるまい」

その言葉に嫌な汗が流れる。私の噂で溢れるような場所へ、正面切って突撃できるほど私は強《したた》かな精神を持ち合わせてはいない。

シモン様のお心遣いに感謝して、差し出された包みを受け取る。

全員が包みを受け取ると、どこからともなくリュート様が簡易テーブルを取り出した。

その上に、それぞれが朝食であろう包みを開く。するとと小さな包みから不思議なことに大量のパンと温かなスープまでもがそこに現れた。各々《おのおの》取り出した平たいパンをちぎってスープに浸し、柔らかくしてから食べている姿を見つめていると、リュート様にパンを差し出された。

そのままパンを口にすると驚くほど硬い。

スープに浸す必要性を理解し、私もパンをスープに浸す。

塩味のスープには野菜の味が溶け込んでいて、薄味だが美味しい。

食生活はグレンドルグ王国とあまり変わらない事実に驚いた。唯一、違うのは、生野菜があることやチーズなどの種類が豊富であることくらいだろうか。

あちらでは生野菜を食べる習慣がなかったので、塩胡椒の味付けでも懐かしく感じた反面、奇妙だと思う。

魔法や自動ドアがあり、これだけ文明が進歩しているのに、食事の内容は日本で言う中世レベルで、グレンドルグ王国とあまり変わらないのだ。

不自然に感じるのは前世の記憶があるからだろうかと隣のリュート様を見上げると、彼は眉間にしわを寄せて不機嫌そうにパンを咀嚼《そしゃく》している。

う、うわぁ……声をかけるのも躊躇《ためら》ってしまうくらい不機嫌そうです！

思わず硬直すると、レオ様が仏頂面のリュート様の背中を叩いた。

「お前は……食事の時のしかめっ面をなんとかせんか。隣でルナが心配しておるではないか」

「ん？　あ、ああ。すまねーな。食事がどうも……な。そういえばルナの世界の食事はどうだった？」

「え、えっと……この内容とあまり変わらず……」

「貴族なのに？」

「私は学生寮におりましたので、身分は関係なく質素な生活をしておりました」

「それも勉学の一環なのですね。とても素晴らしい教育だと思います」

シモン様が微笑んでそう言うのだが、実際は私のようにルールを守っている者は少なかった。専属のシェフを連れてきて作らせるか、屋敷へ戻って食事を取る者さえいる始末だ。

それゆえに、学園の食堂は主に貴族階級がそれほど高くない者や貴族以外の者が使っていたのである。

「そうか……だったら、ルナにとって、ここの食事は苦じゃないんだな」

「は、はい」

「そう……か」

どこか複雑な思いを滲《にじ》ませた声の響きと彼の寂しげな表情に不安になる。

日本の食事と比べているのだろうか。それとも他に理由があるのだろうか――心配になって声をかけようとした時、いきなり「がうがう！」という騒がしい声が聞こえ、慌ててそちらへ視線を向ける。

するとテーブルに置かれたレオ様の皿の前で、ガルムが立ち上がって吠えているようだった。

「何？　肉だとっ⁉　さっきもあんなに食ったばかりではないか！　それは俺の肉……あーっ！吐き出せっ！　貴様のその小さな体のどこに入っているというのだ！　この丸々ぽんぽん腹めっ！」

「タロモは何がいいですか？　レオとガルムは戯《たわむ》れているだけなので心配しなくて大丈夫ですよ。それよりも、タロモが好きな焼き魚をいただきましょうか」

『きゅっ』

『なぅ～ん♪』

「ファス！　パンは咥えて走り回るためにあるのではないのですよっ⁉　食べもので遊ぶんじゃありませんわ！」

『わぁう』

「そうか、チルは甘いものが食べたいのだな。パンに蜂蜜を塗るから待っていてくれ」

なるほど、確かに私には召喚獣たちの言葉は聞こえない。それでも彼らの声だけで関係性が分かる主従を見つめていると、リュート様が私の手元を見て顔をしかめた。

「ルナはそれだけでいいのか？　ほとんど食べてねーけど……」

「もうおなかいっぱいです」

「いや……成人女性の食べる量じゃねーだろ……子供でも、もっと食べるぞ」

フルーツなら食べられるか？　と言いながら、リュート様がどこからともなくバナナにしか見えない果物を出してきた……テーブルといい、そ、それはどこから？

見回すと、どうやらガルムと折り合いをつけたらしいレオ様も興味深そうにリュート様を見ている。他の三人も同様だ。

「リュートのアイテムボックスは、容量が無限なのかと疑いたくなるな」

「鮮度もなかなか落ちませんし……」

「謎」

「まさか、容量無限で時間経過ナシのアイテムボックスなんて神の領域に足を突っ込んだようなことを言い出しませんわよね？」

「ば、馬鹿言えよ、そんなわけねーだろっ」

あやしい……全員がそんな視線を彼へ向けるが、リュート様は認めようとしない。

その徹底した否定に、さすがに容量無限はありえないかと笑う四人を尻目に、私だけは「ありえそうだ」と感じていた。

明らかに動揺しているし、此方《こちら》を見ようとしない。

しかし、皆に隠しているということは、いくら魔法がある世界でも無限にどこかからものを取り出せる力というのは一般的ではないらしい。

質問はしない方がいいだろう、と口を閉ざしたけれど、正直に言うと羨《うらや》ましい。じーっと見ていると、困ったように微笑んだリュート様が私にバナナを再び差し出した。

『魔力調整』のために俺の魔力を渡しているから、ルナもじきに多少は似たことができるようになる。ほら、ルナ。ちゃんと食べて体力つけねーと上手く魔法も使えないぞ」

「そうなのですか⁉　ではもう少しいただきます」

私も魔法が扱えるようになるのですか⁉

バナナは栄養豊富だし、食べておかないと体が動かせないかもしれないと考え、口に運ぶ。すると口に含んだ果実は、記憶にあるトロッとした食感ではなく、サックリとしていて歯切れがいい。まだ若いバナナではないかと感じてしまうが、熟《う》れていないわけではなくしっかりと甘い。香りも甘く熟《う》れたバナナそのものなので、おそらくこの世界での品種なのだろうと、丁寧に咀嚼《そしゃく》して飲み込んだ。

見ると他の方々も、同じようにバナナを食べている。肉食のライオンに見えるガルムを含め、召喚獣たちもフルーツを平然と食べている。

その後、頑張ってバナナを半分食べたところで本当に満腹になった。

ギブアップすると、残ったバナナをリュート様が瞬《また》く間に平らげてしまう。他のメンバーもいつの間にか完食して、次へ手を伸ばしている。それぞれの均整の取れた体のどこにそれだけの食べものが収まるのか、不思議で仕方ない。

それにしてもリュート様……まずそうにしていてもパンも果物もたくさん食べるのですね。

面白いくらいに食べものが消えていき、皆様が綺麗に食べる姿に見とれている間に全員が食事を終えてしまった。見ている分には爽快であったが、自分にはマネできそうにない。

談笑しながらお茶を飲んでくつろいでいると、何かを報せるような音がポーンと鳴った。

もしかして、授業開始の合図だろうか。

慌てて周りを見回すが誰一人立ち上がる気配はない。

リュート様を見ると大丈夫だと言うように頷かれた。

「俺たちは午後からだから、まだゆっくりしていられるぞ」

「どうやら『召喚の儀』で失敗した者たちをアクセンがフォローして、再度チャレンジするようだ」

イーダ様が差し出したお茶を飲んでいたレオ様が思い出したように語ってくれ、その補足とでも言うようにシモン様が口を開く。

「初めての召喚を全員成功したのは、僕たち特殊クラスだけですからね」

「召喚術の術式を発動させることができずに、魔力が足りなくなって倒れた者も出たと聞く」

「まったく……注意事項を守って召喚を行《おこな》っていない証拠ですわ」

シモン様の後に続くトリス様とイーダ様の話を聞いていると、どれだけ召喚術が難しいものであるか理解できるような気がした。

それほど難しい術を一回で成功させてしまった目の前の方々は、全員優秀なのだろう。

凄いなぁ……と感心していたら、リュート様が此方《こちら》を見て「そうだ」と呟いた。

「ルナはその格好だと、授業や街へ出られねーから、まずは制服を調達しねーとな」

それもそうだと、全員が頷く。確かに、卒業パーティーのドレスは目立つから……と考え、自分の姿を確認して首を傾げる。

あ、あれ？　いつの間にか、シンプルな白のワンピースになっておりますが……これは一体。

「あ、それはこの医務室の看護師が着替えさせたから！　俺じゃねーからなっ⁉」

「なるほど、患者さん用の衣服ですか……」

そういえば、私はどれくらい眠っていたのだろうか。

不安になって尋ねると、あの授業での『魔力調整』から二日が経過していると言われてしまった。

驚きすぎて一瞬思考が止まる。

「で、では……私が授業に出ない間、リュート様はどうなさったのですか⁉」

「いや、大丈夫だ。召喚獣の体調やら親睦を深める目的で、うちのクラスは二日間休みをもらっていたから、授業は全く問題ない。ただ、まだルナの必要なものが揃えられていないから、授業が終わったら買いものに行けると助かる。——イーダ、トリス、買いものに付き合ってくれないか？　俺には女ものが分からねーから」

「かまいませんが、タダ働きですの？」

「……何が欲しいんだよ」

「それは、もちろん……」

「当然ですよね」

「無論だな」

「なんでお前らまで便乗してんだよ」

イーダ様の言葉に、トリス様とシモン様とレオ様がニッコリと笑い、意味深に頷く。

何やら幼なじみ同士で通じる会話があるのか、対価は既に決まっているようだ。

リュート様ばかりに負担をかけるわけにはいかない。

慌てて私も手を挙げた。

「リュート様、あの……その……お金がかかるのですよね？　それでしたら、私が身につけていた宝石やドレスを売って資金にしてください！」

「へ？　いや……ルナ、あのさ。俺ってコレでも金持ちなの。だから、その辺は全く気にしなくていいから」

「ですがっ」

「召喚主が召喚獣の面倒を見るって言っただろ？　これも必要経費だ」

変なことを心配するなと笑ってくれるけれども、申し訳ない気持ちでいっぱいになる。

この世界の物価は知らないが、人を一人養《やしな》うのはかなりの金額がかかるだろう。

いくら実家がお金持ちでも、大きな出費が原因で彼の立場が悪くなるのは困る。自分の実家での扱いをリュート様が受けている姿を想像したらゾッとした。

縋《すが》りつくようにリュート様にお願いするが、困ったように微笑まれるばかりだ。

「ルナ。約束しただろ？　衣食住は保証するって……だから、そこは頼ってくれ」

な？　と微笑み、リュート様の大きな手が優しく頭を撫でてくれて……それだけで、安心してしまうのはどうしてなのだろう。

やはり私が召喚獣、だからなのでしょうか。

とりあえず、提案は受け入れてもらえないのだと悟り、私は肩を落とした。

「二日も眠っていたばかりか、ご迷惑ばかり……あれ？　二日？」

その間、私……お風呂はどうしたのでしょう？

そんな疑問が頭をもたげ、反射的にリュート様から距離を取る。確かにどこか体にも不快感があるような——

「え……何、その反応は……ルナ？」

「い、いえ、あの……ふ、二日……お、お風呂に……入っておりませんから……そのっ」

「あー、そういうことか」

納得した表情でリュート様は、少し考えてからまたどこからかハート形の滑らかな石を取り出す。

その石が淡く輝くと、体を取り巻いていたかすかな不快感がスッキリと消えてしまった。何事かと首を手で撫でてみると、サラサラした手触りに驚き、リュート様を見上げる。

「これは洗浄石と言って、汚れを落としてくれる術式を刻んだ石だ。コイツは改良版の試作品で、今まであった同様のものより魔力消費コストを削減している。形も使いやすく特徴的なデザインを採用した。これから必要になるだろうから、ルナにも渡しておくな」

手に乗せられた石をマジマジ見つめていると、イーダ様とトリス様が同じように覗き込み、次の瞬間、リュート様に詰め寄った。

「コレはどこで販売しておりますの？」

「デザインは、ハートだけなのだろうか」

「試作品だと言ったろうが。デザインは他にも色々考えているが、まだ試作の段階だ」

「わたくしたちの分は？」

「ない」

「そこをなんとか！」

「お前らな……もう少し待て、採用された型の試作品ができたら、使い勝手を調べてもらうから……」

うんざりしたような声でイーダ様とトリス様を宥《なだ》めていたのだが、面倒くさくなったのか、レオ様とシモン様に二人を任せてしまった。

それから、リュート様は洗浄石の使い方を懇切丁寧に教えてくれたのだが、『魔力調整』の時に初めて魔力を知り、おぼろげに感じることができるようになった程度の私には難しく、コツを掴むまでが大変だった。

なんとか洗浄石を使えるようになった頃には周囲が綺麗に片付けられていた。

リュート様が私の前に手を差し出す。

「そろそろ行くか」

医務室を後にし、リュート様たちに連れてこられた場所は私が想像していたよりも立派だった。小さな商店街のように店が軒《のき》を連ねている。

日本で見た購買部とは規模があまりにも違う。

立ち並ぶ店の一番奥に衣料品店があり、制服を着た木製のマネキンがショーウィンドウに展示されていた。皆が着用している制服のようだ。中に入ると、店主とリュート様が何やら話をしはじめたが、私はイーダ様に手を引かれ、女性用の制服が並んでいるさらに奥へと連れて行かれてしまう。リュート様と離れることに一抹の不安を覚えて振り返ると、彼は笑顔で「いってらっしゃい」と手を振ってくれた。

離れたくないのに、笑顔で見送らないでください……

不満げな私の様子に気付いたのか、リュート様は手を止めた。不思議そうに首を傾げてから、何かに気が付いたように微笑み、あっという間に私のそばにやってきて囁いた。

「ルナの制服姿、絶対に可愛いと思うから見せてほしい」

耳から流し込まれた甘すぎる声と言葉に、体がすべての動きを止めてしまう。

そんな私の状態を察しているだろうに、リュート様はするりとほつれた私の髪を指に絡め、甘く微笑む。

「離れるのは少し寂しいが……ちゃんと待ってるから、安心して行ってきな。楽しみにしている」

破壊力抜群の微笑みを直に受け、私は脱兎のごとく逃げ出した。

ニヤニヤしているイーダ様とトリス様の後を慌てて追う。

も、もう！　本当にタチが悪いですよ、リュート様！　そんなことを言われたら……か、可愛くなれるように頑張りたくなるではありませんか！

そんな風に俄然やる気が湧いてきてしまう。

足早に奥へ進むと個室がいくつかあった。どうやらそこで採寸や着替えを行《おこな》うようである。

制服はデザインが六タイプほどある既製品で、店の人が持ってきてくれた制服は白地に金糸の模様が入ったものだ。聞くと、召喚術師科の生徒はこの色の制服を着るのだそうだ。

なるほど学科ごとに制服の色を変えてあるのですね。でも、リュート様たちはバラバラの色の制服だったような……

そんな疑問を抱くと、トリス様が教えてくれた。

「ああ、私たちのクラス全員の制服がバラバラなのは、自分たちが通っていた学科を履修した後に召喚術師科へ移動した者が多いからだ」

リュート様は騎士科なので黒に銀糸、イーダ様とレオ様は聖術科なので深みのある赤に金糸、トリス様とシモン様は政務科でモスグリーンに黒糸だという。

いかにも武闘派のレオ様が聖術科というのはびっくりだけれど、称号に『聖』のつく家は、リュート様のように専門学科がなければ、そちらへ通うことになるようだ。

クラスの移動がなければ制服は統一される。しかし、召喚術師科に編入してきた人たちは基本制服を統一することはなく、左手の中指にはめられたリングで判断するという方法をとっているらしい。

リュート様がはめていた指輪型の学生証は、リュート様たちが所属する『召喚術師科・特殊クラス』のみが所持できるものであるようだ。

なるほど、先程医務室にいた皆さまは召喚術師科でも、エリート中のエリートで、将来を有望視されている人々の集まりだということですね……

改めて役に立たない自分がそんな人の召喚獣でいいのか、と考えてしまう。

そんな私の葛藤を知ってか知らずか、イーダ様が私の背中を押した。

「さあ、試着室で着てみてちょうだい」

促されて試着室へ入り、制服を身に纏《まと》う。しかし、どれもこれもぶかぶかだ。鏡を見ると、子供が無理して大人の服を着ているようにしか見えない。サイズが違うものを試してみても袖が長すぎたり、ウエストがぶかぶかであったり、スカートの丈が短すぎたりとどれ一つぴったりしたものはない。恐る恐る試着室を出ると、トリス様とイーダ様が頭を抱えた。

「細すぎる……」

「だいたい分かっていたけど、これはちょっと……リュート！　この子に既製品は無理ですわよ。どうなさいますの⁉」

部屋の扉から出ていったイーダ様の声が響く。

ひいぃぃっ！　イーダ様！　それは言わないでくださいーっ！　なんとかなるかもしれませんからっ！

しかし、無情にも外からリュート様の軽い声が響く。

「は？　既製品が無理？　あー、じゃあ、オーダーメイドで頼む。ここの店員だったら【服飾】のスキルレベルが高いから、すぐに終わるだろ。俺たちはここで待っているから頼んだ」

「分かりましたわ！」

「なんでそんなに怒ってんだ？」

「なんでもございません！　色々と……そう、色々と思うところがあるのです」

見えないところで、イーダ様とリュート様のバトルが勃発しそうでヒヤヒヤしていたせいで反応が遅れましたが、オーダーメイドって……それって、既製品よりお金がかかりますよね⁉

そんなもったいないと呟いた私に、トリス様が呆れたように言う。

「その格好でリュートさんの前に出られるのなら話は別だが」

トリス様の指摘に返す言葉もない。ウエストに合わせて着た制服はみっともないことこの上ない。かといって、ぶかぶかな制服をベルトでしめ上げて着ても、今度は袖が長すぎるだろう。

「まあ、その格好を見せてあげるのもいいかもしれないが、リュートさんの理性が……」

「え？」

「なんでもない。とりあえず、リュートさんのためを思うなら、その姿は見せちゃダメ」

トリス様に指を突きつけられて慌てて頷く。

もちろん、みっともない姿をリュート様に晒《さら》す訳にはいきません。せめて、横を歩いても恥をかかせないくらい相応しい姿にならないといけません！

そう気合を入れると、トリス様は苦笑した。

「ちょっと勘違いしているみたいだけど、今はいい」

はて？　なんのことでしょう？

どういう意味か首を傾げると、トリス様は「それがルナだな」と、和《なご》んだような笑顔をくれた。

そうこうしているうちに、店員さんを引き連れて戻ってきたイーダ様が私を上から下まで見てから、キリッと眉をつり上げる。

「主の許可は得ましたから金額には糸目を付けず、徹底的に仕上げてちょうだい」

イーダ様の号令に従い、女性店員さんたちが忙しそうに採寸を開始した。オーダーメイドなど面倒だろうに、三人の女性店員さんたちは生き生きと目を輝かせている。

「さあ、久しぶりのスキルフル活用よ！」

「大丈夫ですよ！　私たちの手にかかったらすぐ完成しますから！」

「綺麗に着こなしましょうね！」

勢いが凄かったので思わずコクコク頷くも、助けを求めてイーダ様とトリス様の方を見る。しかし、二人もどこか楽しげに此方《こちら》を眺めているだけだ。

あれよあれよと言う間に試着室の中に連れていかれる。

そして彼女たちは、瞬《また》く間に私が問題なく着こなせる素敵な制服を仕立ててくれた。

スキルってすごいのですね……私もリュート様のお役に立てるスキルが使えるようになればいいのですが。

最終チェックが終わった制服を着用して見せると、店員さんもイーダ様たちも満足げな様子で頷く。急なお願いだったのにこんなに素敵に仕上げてくださった店員さんたちへ頭を下げる。

「素敵に仕上げていただきありがとうございます！　お手間をとらせてしまい、申し訳ございません」

「いいえ！　とんでもない！」

「オーダーメイドなんて、久しぶりでしたから楽しめました」

「しかも、とても綺麗に着こなしてくださるのですもの、職人冥利に尽きますわ！」

やはり店員さんたちはお世辞も上手だなあ、と淡く微笑んでいると、イーダたちも此方《こちら》を見て頷いた。

「ルナは白がとても似合いますわね」

「うん、色白が羨《うらや》ましい」

まさかの褒め言葉に、肌が白いのは引きこもっていたからだとは言えず、曖昧《あいまい》に笑って誤魔化した。

「――この制服、本当に可愛いですよね」

この学園の制服は可愛らしい。前の世界では考えられないスカートの丈ではあるが、二人の姿を目にした時から憧れていたのだ。

短いスカートだけれど、後ろから丸見えなんてことにならないようにリュート様と同じような長衣が完全ガードし、後ろ姿が美しく見えるデザインである。

もともと短めではあったけれど、私が履《は》くととんでもないことになっていたスカートは、フリルになるように布や肌触りのいいレースも足して長くなっている。

黒のニーハイソックスに、白い制服に合わせた白いブーツもサイズはぴったりだ。それに何より可愛いのは白のケープだ。自分の動きに合わせて揺れるのが楽しく、何度か鏡の前で回ってしまった。

でき上がった制服があまりに可愛らしくて恥ずかしくもあるけれど、リュート様に気に入ってもらえるかしらと、期待に胸を膨らませて鏡の中の自身を見つめた。

髪も結い直し、変なところがないか再チェック中である。

ちなみに下着としてしめていたコルセットは、「それはダメ」とトリス様に無表情で首を振られた。

あんなにしめつけたら虐待だと言われますわよ……とイーダ様が眉間にしわを寄せて呟いていたが、さすがに文化の違いということで許していただきたい。

髪を結ったところにつけた可憐な花の髪飾りと、白いレースのリボンが少し歪んでいることに気付いたイーダ様が手早く直し、優しく微笑んでくれる。

姉がいたらこんな感じかもしれないと考えていたら、トリス様がリュート様たちを呼んできたようだ。ドキドキしながら前に進み出ると、制服姿の私を見て、リュート様はピシリと固まってしまった。

も、もしかして、フリーズしてしまうほど、似合っていなかったでしょうか……

自分の姿をキョロキョロ見て確認していたら、イーダ様とトリス様が呆れた顔でリュート様をジッと見据える。シモン様にポンッと肩を叩かれたリュート様は夢から覚めたような顔で、私から慌てて視線を逸らした。

「ごめん。見慣れた制服姿なのに、ルナが着ると別物のように綺麗で……びっくりした」

なんでしょう、リュート様は私を殺しにかかっているのでしょうか……前の世界ではドレスを着ても褒めてもらえなかった私を褒めてくださるなんて——心臓に悪いです！　正直、私にそんな耐

性はありませんよ⁉

リュート様の後ろから来たレオ様も驚いたように此方《こちら》を見ている。

「先程のワンピースを見ても思ったが、今の制服姿だと驚くほど細いな！　細い、と言われるのは私の唯一の美点だったのでほっとする。コルセットはイーダ様たちに取られてしまったが、見苦しくはないようだ。

ほっとしたのもつかの間、リュート様の表情が歪み、下を向くのが見えた。

どうしたのでしょう、やはり体形が見苦しかったでしょうか。

リュート様に声をかけようかと口を開いた瞬間、勢いよく顔を上げ、凶悪そのものの表情でリュート様はレオ様を睨みつけ、それから勢いよく足を蹴った。

「何をする、痛いではないか！」

「あれは細すぎっていうんだよ！　テメーは、もう少し言い方ってもんを学んでこい！」

問答無用で蹴るリュート様を止めてくれと、レオ様がシモン様に助けを求め、しょうがないとばかりに歩み寄ったシモン様はにっこり笑って——なぜか、リュート様が蹴っていない方の足を蹴る。

「ぬっ、お前まで！」

「無神経すぎますよ」

みんなに非難されているレオ様はというと、どうして責められているのか分からないようでキョトンとしていた。

「わ、私の国では、細ければ細いほど美人だと言いますので、私には褒め言葉ですから、お気になさらず……」

「そうか！」

「少しは考えて発言して」

安心したようにニカッと笑うレオ様に、トリス様がすかさずツッコミを入れる。

とにかく、今は真新しい制服が嬉しくて鏡の前でくるりと回って見てみるのだが、グレンドルグ王国で着ていた重たいドレスとは違い肌触りのいい布地と軽やかなスカートに嬉しくなってしまう。

そんな私の動きにあわせて、ガルムとタロモとファスとチルもくるりと回る。

もう一度回ってみると、今度はぴょんぴょんジャンプしながら回ってみせるので楽しくなって戯《たわむ》れていたら、いつの間にか主たち全員がほのぼのと眺めていて、ちょっぴり恥ずかしくなったのは言うまでもなかった。

制服を新調した後は、しばらく中庭でくつろいでいた。それから簡単な昼食をとり、時間になったので教室へ移動することになった。

歩く度《たび》に向けられる人々の視線はまだ慣れないが、仕方あるまい。

正統派イケメンのリュート様、男気溢れるレオ様、知的な雰囲気が漂《ただよ》うシモン様、凛と美しいイーダ様、ミステリアスな雰囲気を醸《かも》し出すトリス様……これだけの美形が集団で歩いていたら目立つのも当たり前だ。

着席すると、アクセン先生がすぐに教室に入ってきた。私を見つけるとほっとしたように表情を緩める。

「よかった……元気になったようですねぇ」

「ご心配をおかけして申し訳ございませんでした」

「いえいえ。気にしないでください。むしろ、厄介な呪いの存在が分かっただけでもよかったと言えます。呪いには人の命を蝕《むしば》むものだって存在するのですからねぇ」

「はい！」

初日のような食いつきはなく、アクセン先生がさらりと言う。最後ににこやかに微笑むと、アクセン先生は教壇に立ち、授業を始めた。

授業内容は、今まで報告されている召喚獣の属性やスキルや生活などについてで、小話を交えながら話をしてくれているのだけれど、メインはどちらかというと小話の方なのではないかと思えるくらいの熱の入りようである。

「悪先《アクセン》の話は元々長いのに……こうなると、さらに長くなるんだ」

リュート様に溜め息交じりに小さく囁かれ、私は一瞬あくびが出そうだった口元を手で隠した。

よくよく見てみれば、他の生徒や召喚獣たちも飽きて緊張が解けてきたのか、うつらうつらする者さえいる始末だ。

そんな中で真面目に話を聞いていたリュート様も、暇を持て余し始めたのか私の手を握っては指遊びを……というか、これは恋人繋ぎですよね。

指を絡めて握り合い、先生の話を聞いているふりをしているなんて、なんだかいけないことをしているようでドキドキしてしまう。

日本にいた時は女子校に通っていたから、異性とこんなに近くで一緒にいたことがなかった。親友が隣にいたこともあって、それを寂しいと考えたこともない。

それにグレンドルグ王国にいた時は、私の存在を疎む婚約者にときめくこともなく、特に親しい友人もいない寂しい学園生活だった。

ジッと彼の横顔を眺めていたら、リュート様が視線だけを動かしてゆっくりと意味ありげに目を細める。此方《こちら》に少しだけ身を寄せてきたので、私からも遠慮がちに寄り添えば、私の手を握る手の力が少しだけ強くなった。

だ、ダメですよ？　これ以上は、口元が緩んでしまいますから。

こういう時に扇子があると口元を覆って誤魔化せるのだが、ここでは反対に目立ちそうだ。

そんな穏やかな時間は、急に手を叩いたアクセン先生に遮《さえぎ》られた。

「ああ、そうだ、忘れてしまうところでした。皆さんに記入してもらわなければならない書類があったのですよねぇ」

ニコッと笑いかけられて慌ててリュート様から手を離す。

アクセン先生は分厚い書類を配ると、全員がそれにうんざりした様子で目を通しはじめた。

「国に提出する書類ですから、全項目記入してくださいねぇ」

リュート様も眉間にしわを寄せて小さくぼやきながらもペンを手に持ち、整った文字で記入していく。

ちらりと覗くと、どうやら召喚獣についての申請書類のようだ。

生徒たちが書類に集中し始めると、アクセン先生は手持ち無沙汰になってしまった私たち召喚獣に向かって満面の笑みを浮かべた。

「さて、忙しい皆さんの主に代わって、貴方《あなた》たちに世界のことを色々と教えて差し上げましょうねぇ。まずは、この学園――聖都レイヴァリス学園へ、ようこそお越しくださいました。心からお礼を申し上げます」

丁寧な挨拶に今までの奇妙な熱はなく、穏やかだ。

「元いた世界との違いが多々あると思いますので、大まかな説明をさせていただきますねぇ」

そう言ってアクセン先生はホワイトボードに向かい、まずはこの世界の基本的な知識を書き込んでくれた。この世界での一日は二十四時間で、一週間は、月、火、水、木、土、日の六日で構成され、ひと月は五週間あるという。三～六月が春、七・八月が夏、九～十二月が秋、一・二月が冬となっている。今は四月八日ですよ、と付け加えられてメモを取った。

日本人の感覚では違和感があるが、よくよく考えれば季節の概念以外は、ほぼ変わらない。強《し》いて言うなら、グレンドルグ王国と同じく一週間が六日だという違いくらいだろうか。

「それと、あまりにも自然だから見過ごしがちですが、貴方《あなた》たちはこの世界で言葉に不自由していないことに気付いているでしょうか。……不思議ではありませんか？」

確かに……言われてみたら不思議である。なぜ異世界の言語を理解できているのだろう。

私と召喚獣たちが一斉に首を傾げたのを見てアクセン先生が続ける。

「貴方《あなた》たちが私の言葉を理解できているのは、貴方《あなた》たちの主が習得している言語が、契約により加護という形で適用されているからなのです。現在私が喋っている言葉は、人間が主に使用する東大陸言語と呼ばれているものです」

アクセン先生の言葉で、種族によって言語が違うのだと知ることが出来た。しかし、もともと人間だけでも言語が多種多様にあるのだから驚きはしなかったが、世界が違えば事情も変わるのか、驚いた様子を見せる召喚獣もいた。

「この世界には、共通言語として使用されている中央大陸言語という言語があります。これは、魔物と戦う時に先人を切って戦っていた竜人族が使っている言語で、他種族でも発音がしやすいように改良された比較的新しい言語です。このクラス在籍者なら扱えるはずですから、この世界では言語で苦労することはないでしょう」

世界共通言語が存在することに驚いてしまった。

つまり、それだけ各国が連携を取っていて、情報交換を行っているということになる。

私がいたグレンドルグ王国は、隣国の言語を覚えるくらいしか他国との交流がなく、とても限られた小さな世界だった。

それに、今……『魔物と戦う時に』と言わなかっただろうか。

「ああ、そうでした。一つ、注意事項があったのです。この世界には魔物という攻撃的な生物が存在します。聖都の中は安全ですが、出来るだけ主から離れないようにお願いしますねぇ」

あ、あの……それが一番重要なお話では？

「まあ、それほど不安に思う必要はありません。この世界では各国が協力して魔物を討伐していますし、君たちの主はとても強い人ばかりですからねぇ」

その言葉でホッと息をつく。「主がいるから大丈夫」だと言われても、疑うことなく信じられるから不思議だが、心に広がった不安は驚くほど和らいだ。

「他にも色々説明をしたいところですが、この先はルナティエラさん以外、理解することも難しいでしょうから割愛しましょう。あまり私が教えると、蹴られそうですしねぇ」

そこで教室内から忍び笑いが聞こえてきて、隣のリュート様が憮然とした表情をアクセン先生に向ける。

それにしても……今日のアクセン先生は大人しいですね。

初日の血走った目をすることもなく、きちんとした授業風景で安心するのだが、この後に何かあるのではないかと反対に警戒してしまう。

「ああ、顔を上げたついでに生徒の皆さんは書類を書きながら聞いてほしいのですが、召喚獣は召喚した日より一週間はとても不安定です。できるだけそばにいて心のケアをしてあげてくださいねぇ。いいですか？　無理をさせてはいけません。『魔力調整』によりスキルを得られるのも個体差があります。急がず焦らず、まずは信頼関係を築き上げてくださいねぇ」

どうやら、今日は穏やかに授業を終えてくれそうだ。

記入済みの書類を回収し、アクセン先生はリュート様が出した一枚の書類に目を通すとすぐさまサインをした。外出届……？

書類をリュート様に渡し、アクセン先生がちらりと此方《こちら》を見る。

「サインはしておきましたが、目を覚ましたのは今朝だと聞いています。外出する際は、あまり無理をしないように気を付けてくださいねぇ」

「分かっている。レオやイーダたちも連れていくから、大丈夫だ」

「それなら安心です。ルナティエラさん、早く元気になってくださいねぇ。たくさん質問したいことがありますからねぇっ！」

最後の最後に目がギラリと光り、イメージ通りのアクセン先生が帰ってきた。

今日は手加減してくれたようなので、心から感謝をして頭を下げる。

できれば、この先もずっとその調子でいてほしいと思うけれど、おそらく無理そうだと冷静に理解している自分が、この時ばかりは恨めしかった。

§§・✿・❀・✿・§§

授業が終わり、リュート様に案内をされながら学園の外へ出ると、そこには不思議な光景が広がっていた。

日本のようにコンクリートなどの近代的な建物が多いというわけではなく、グレンドルグ王国に近い石造りの建物が多い。しかし、そこかしこに全く違う世界なのだと感じさせる技術が溢れている。

綺麗な白い大理石のような石畳の地面に、豊かな自然が融合した人工の建造物が並び立つ。ゴミ一つない綺麗な街並みは日本でも見た光景だけれど、それよりも綺麗に清掃されているように感じられる。

空は、どこまでも澄み渡るような美しい青で、言葉にならない美しさと威厳すら感じる町並みに圧倒されてしまった。

グレンドルグ王国ではゴミが当たり前のように落ちているし、異臭を放つ場所だって珍しくなかった。下水道が完備されていないから仕方ないのだけれど、それにしてもこの落差には愕然としてしまう。

ここ、フォルディア王国の聖都レイヴァリスは、この世界で一番大きな都市で、他国との交流の窓口になっているらしい。人間だけではなくてファンタジー小説やゲームでよく登場するエルフ族やドワーフ族や獣人族と言われる人々もチラホラ見える。

みんな明るく和《なご》やかに談笑している様子に、心がほんわかしてしまう。

そんな中、子供のけたたましい泣き声が聞こえてきた。見ると、少し離れた場所で子供が転んでしまい泣いているようだ。

慌てて駆け寄ろうとすると、リュート様が私の肩に手を置いて「心配ないから見ていたらいい」と微笑んだ。言われた通りに様子を窺《うかが》っていると、そばにいたドワーフ族と思われる男性がオロオロして子供を抱き起こし、近くのエルフ族の女性が怪我を癒やし、小さな獣人族が子供の匂いからすぐに親を捜し出した。

親が子を抱きしめると、ホッとした様子で皆が親子の再会を喜んでいる。親子も世話になった人たちに心からの感謝をしているようであった。

そんな温かな光景に鼻の奥がツンッとしてしまい、慌てて唇を噛みしめて目を閉じた。心の内に迫りくる荒波がただ過ぎ去るのを待つ。同じ王国であるというのに、フォルディア王国とグレンドルグ王国の違いを知り、泣きそうになってしまったのである。

リュート様は私の肩を優しく抱き、しばらく無言でいてくれた。

あちら――グレンドルグ王国であったら、子供は今でも泣いているだろう。

私が駆けつけて慰め、子供と一緒に親を捜したとしたら「貴族の令嬢が馬鹿なことを……」と周囲の貴族は嘲《あざけ》り、子供と再会できた親も企《たくら》みでもあるのかと私を警戒するか、怯《おび》えて逃げるだろう。

ほんの小さな親切心でさえ、悪意と猜疑心《さいぎしん》で返される世界にいた私に、この世界は優しすぎて眩しかった。

リュート様たちを見ていても分かるが、なんて優しい世界なのだろうか――

共に魔物という脅威に立ち向かっているから、仲間意識が強いのだとリュート様は言うけれども、それだけではないように思える。

だって、この世界はとても明るくて、いい空気が流れているように感じられたから……

私の頭を髪が乱れないように気を付けながら撫でてくれていたリュート様の心が嬉しくて、顔を上げて微笑みを向けると、彼はホッとしたように目を細めた。

あちらでの記憶は時々私を苛《さいな》むけれども、優しいリュート様がそばにいてくれたら、きっと大丈夫だ。

「じゃあ、行くか」

ソッと差し出された手を取るとふわりと握られた。その手が温かく、冷えた心をじんわりと甘く満たしてくれた。

気持ちも落ち着き、改めて街を見渡していると、よく目につくのは水と植物と大樹、それに白い石とガラスと青い石の屋根……この都市を構成する主要なものを挙げるとそんな風になる。

美しい街並みに目をやり、リュート様の説明に耳を傾けながら街を歩く。

大きな通りに出ると驚くほど様々な屋台が並んでいて、賑《にぎ》わいを見せていた。

「あ……」

その中に懐かしいものを見つけてしまい、思わず声が出てしまう。

小麦粉を牛乳と卵でといて薄く焼いた皮に、色々なフルーツと生クリームを包んだ食べもの……そう、クレープです！　うわぁ……懐かしい！

もちろん、砂糖の入手が困難であったグレンドルグ王国にそんなものはなかったので、断片的な日本での記憶が元である。親友と食べた味を思い出して、思わずこくりと唾を呑んだ。

「ん？　あー、なるほど」

何に気を取られているのか気付いたリュート様は、私を連れてカラフルな布で飾り付けられた屋台へ向かう。どうやら屋台の店主とは顔見知りのようだ。

「お！　リュートさんじゃないか、珍しいな！」

「おう、今日は客だ。ほら、ルナは何がいい？」

リュート様はそんな風に笑顔を向けてくれたのだけど、同時に店主からジーッと穴が空くほど凝視されて、耐えきれずリュート様の後ろへ隠れる。

リュート様も視線に気が付いたのか、顔をしかめた。

「……オイ」

「す、すまねぇ、いや、アンタが女連れなんて珍しかったから、つい！　イーダさんやトリスさんじゃねぇんだなぁって思っただけだって！　他意はねぇよ！　そこまで俺も命知らずじゃねぇって！」

店主さんが必死に首を左右に振っている。リュート様の放つオーラが怖すぎるせいだろう。

「以後気を付けろ、今度やったら問答無用で店ごとぶっ飛ばす」

地の底を這うような低い声が放たれ、今度は店主が壊れたおもちゃのように何度も頷いている。

リュート様……何も、そこまで怒らなくても……

とりあえず、空気を変えるために彼の上着を引っ張って注意を引くことにした。

「あの、リュート様……クレープを頼んでもいいのでしょうか」

恐る恐る声をかけると、此方《こちら》を見たリュート様はいつもの柔らかく優しい表情で頷く。

「夕飯前だから、一緒に食おうか」

「そうですね。リュート様は何が……」

「ルナは何を食べたい？　俺はそれでいいから、決めてくれ」

何が食べたいですか？　と尋ねる前にそう言い切られてしまい、私はうーっと唸るのだけれど、彼は目を細めるだけだ。

甘やかされている――でも、なんだかそれが嬉しくて、クレープ屋さんのメニューを見てみるけれど、知らない名前が並び、何がどんな味なのか分からない。

「リュート様……朝食で食べた、バナナみたいな果実はなんと言うのでしょうか。チョコバナナを食べてみたいのですが……」

「ああ、アレか。じゃあ、チョコナナトを一つ頼む」

朝食の時には誰も言わなかったので分からなかったが、バナナのような果実はナナトというらしい。でもチョコレートはチョコなのですね……と首を傾げると、リュート様が意味深に微笑んだ。

「かなり前に発見されて、『チョコ』と名付けた奴がいたらしい」

……そんな、もしかすると、その発見者も転生者なのでしょうか。

そんなことを考えていると、背後から元気な声が上がった。

「わたくしはチョコベリリ」

「じゃあ、私は生クリームベリリ」

「僕は生クリームプリン」

「よし、では俺はハムチーズだ！」

聞いたことのある名前と、聞いたことがない名前が入り交じる中、プリンがあることに驚きを隠せない。聞き慣れないベリリは苺みたいな果物の一種で、私が知っている苺の倍以上の大きさがあり芳醇《ほうじゅん》な甘みが特徴だとリュート様が教えてくれる。

やけに苺――ベリリに詳しいので、もしかしたら好物なのかもしれない。

「お会計、よろしくお願いしますわね」

「オイ、ルナには惜しみなく与えるが、なんでお前らまで便乗してやがる」

「ファス、美味しそうですわねぇ」

「聞けよ」

「まあまあ、いいではないか！　ハムチーズ一口いるか？」

はぁ……と、溜め息をついたリュート様に店主が何かを差し出した。艶のある黒いプレートには翼の生えた金色の豚のロゴが記されており、そこにカードのような何かをかざして支払いを済ませてしまう。

え、えっと……この世界はカード決済ができるのですか？

制服を購入した時には気付かなかったが、あの時もそれで支払いをしたそうだ。

この方法に誰も驚いていないところを見ると、この世界では一般的な支払い方法なのだろう。

「ほら、ルナも遠慮なく食え」

呆然としていると、リュート様からクレープを手渡された。一口パクリと食べれば、甘いのだが記憶にあった味にはほど遠く、なんだか物足りなさを感じる。

果物は文句なしに美味しいし、チョコもそれなりだが、分離してしまうほど泡立てられた生クリームに滑らかさはなくぼそぼそしており、生地はパサついていて残念の一言だ。その上、全体的に味がぼやけているようにも感じる。

食べられないほど不味いというわけではないが、なんとも形容しがたいモヤモヤが胸の内に残る。

日本で食べたクレープを思い出していたので、ハードルを上げすぎてしまったようである。グレンドルグ王国の食事事情から考えれば、このクレープは間違いなくご馳走だ。

改めて、屋台でも高クオリティな食べ物が提供されていた日本は食へのこだわりを持った国であったのだと思い知った。

少ししょんぼりした気持ちで手の中のチョコナナトクレープを見つめていると、私が口をつけた所にリュート様がパクリと食らいつく。

「いいナナトを使ってんな。さすが人気店」

思わぬ行為にリュート様とクレープを交互に見つめると、彼は意味深にニッと笑った。

そういう思わせぶりなことをしてはいけないのですよ⁉

そう言おうとした私の目の前でトリス様が「食べる？」とシモン様に問い、「此方《こちら》もどうぞ」とお互いに交換して食べ始めた。

え？　この世界では普通のことなのですか？

「アイツら婚約者同士だから」

「そうだったのですね……」

道理で仲がいいと――うん？　婚約者同士なら普通……ということは？

はて、と考え込んでいると、イーダ様が私の肩をつついた。

「ルナ、早く食べておしまいなさい。リュートに全部食べられてしまいますわよ？　その男、燃費が悪くてよく食べますから、気を付けないとあっという間になくなりますわよ」

「俺と同じくらい食うからな。魔力が底なしだから食わんとやってられないのだろうが」

既に食べ終わったらしいレオ様も頷いている。二人の言葉にリュート様が反論した。

「魔力回復のために食わないといけねーこの世界がおかしいんだよ。それに俺が食うのはせいぜい、三人前くらいだろ。普通に五人前は食うレオと一緒にするな」

「君たちは、どっちもどっちでよく食べますよ」

呆れたようなシモン様の声が響く。リュート様はその言葉を無視して、私にもう一度クレープを差し出した。

「ほら、ルナ。食わないなら俺が食べるぞ」

「た、食べます！」

手にしていたクレープを食べられそうになり、私は慌ててチョコナナトを頬張る。

物足りないとはいえ日本のものと比べなければ十分な甘みに頬を緩めていると、リュート様が顔を近づけて反対側をパクリと食べてしまう。

え……えっ⁉

「ん、俺はこれで十分だから、残りは好きに食べな」

ポンポンと頭を軽く叩くように撫でられ、頬の熱を感じながらチョコナナトを飲み込むけれど、先程まで感じていた甘みは少し薄れた気がする。

結局は、リュート様の与えてくれたもののほうが胸を焦がすほど甘いのだと、改めて思い知ったのであった。

クレープを食べ終えて幸せな気持ちのまま可愛らしいお店に到着し、リュート様がイーダ様に話をして何かを手渡した後、私たちを店の方へ促した。

リュート様たちはイルカムというものを購入するために隣の店に行くようで、集合は目の前のベンチと決めて、男女に分かれての買い物となった。

イーダ様やトリス様のオススメ店なだけあって、可愛らしい服や小物や召喚獣に着せるための衣類が並んでいる。とても上質な布地を取り扱っているのだろうか、制服よりもさらに肌触りがいい服が多い。

「此方《こちら》は、スペランカスパイダーの糸を紡いだものです」

「あら、あの素材はランクが高いでしょうに」

和《なご》やかに会話をしているイーダ様と、おそらく店主なのだろう笑顔が素敵な年配の女性を見ながら、「スペランカスパイダー？」と首を傾げていると、チルとタロモの服を選んでいたトリス様が、この聖都の南にある森の奥深く、人が足を踏み入れることのない洞窟に住む大蜘蛛だと教えてくれた。

かなり強力な大蜘蛛らしく、騎士団が定期的に討伐しなければ、あっという間に数が増えて近隣に被害が出るそうで、つい先日、大規模な討伐が行われたばかりだそうだ。

ここの店主は、そこで収穫した素材をたっぷり購入したらしい。

「聖騎士様が討伐隊に参加され、ご当主と次期当主様が、とても大きなスペランカスパイダーをたくさん倒してくださったそうです。そのおかげで、ずいぶんと安く素材を仕入れることができました。ありがたいことです」

「それは幸運なことでしたわね。それで今日はその【聖騎士】の家の三男坊であるリュートが大切にしている人の衣類を探しているの。何かいいものがあるかしら」

「まあ！　そうでしたか！　リュート様には、日頃からお世話になっておりますから、とっておきをご用意させていただきますね。少々お待ちください」

奥に引っ込んだ店主は、両手に抱えきれないくらいの品物を持ってきて、イーダ様の前に並べ出した。

えっと……イーダ様……言いすぎでは？

ほんのりと頬が熱くなっているのを自覚しながら、イーダ様と店主が楽しそうに話しているのを見ていると、店主が私の方に振り向いた。

「此方《こちら》のお嬢様でございますか？　まぁ……晴天を思わせるような珍しい色彩の髪に、蜂蜜のような綺麗な瞳ですね」

「あ、ありがとうございます……」

「ではこのワンピースなどいかがでしょう。瞳の色に合わせれば、美しく映えるかと」

「あら、いい色ね」

それからはあれよあれよという間に買い物が進み――どうやら決まったようである。

うん……やっぱり、私の意見はほぼスルーですね……と呟くと、チルとタロモが「元気出せよ」というように私の腕をポンッと叩いた。

貴方《あなた》たちだけが私の癒やしです！

しかし……こんなにたくさん新しい服を買ってしまって、リュート様に呆れられたらどうしましょう……

なんだか凹《へこ》みそうになって気分を変えようと外を見れば、リュート様たちは買いものが終わったのか、三人でベンチに座り談笑をしているようだ。

そこへ、同じ年頃のとても美しい女性たちが声をかけている様子が見え、チリッと胸の奥に痛みが走った。見ているのも苦しく視線を逸らす。

「あら、あの子たちは……本当に懲《こ》りていませんのね」

するとイーダ様が呆れた声で言い、私の腕を掴んだ。

「ちゃんと御覧なさい」

え？　とイーダ様の瞳を見れば、言葉の強さに反して柔らかな光を放っている。

それに促されるように再びリュート様を見た。彼は美しい女性から話しかけられているというのに、一定の距離を取って近寄らないようにしている。それどころか、いつもの笑顔一つ見えない。

思わぬ姿に目を瞬《しばた》かせると、イーダ様はにっこりと笑った。

「リュートは、不機嫌な顔がデフォルトだと思われておりますのよ？」

「え……？」

誰が？　だって、いつも優しい笑みを浮かべてくださいますよ？

優しくて、温かくて――それなのに、今の彼はそれを微塵《みじん》も感じさせない。

あっという間に女性たちを追い払ったリュート様は、私たちの視線に気付いたのか、瞬《まばた》きをして私と視線を合わせると、いつもの甘い笑みを浮かべてくれた。

それだけで胸の痛みは彼方へ消え、心の奥底が甘くうずいてどうしようもない。

溜め息をつくと、イーダ様がぽんぽんと私の頭を撫でた。

「分かったかしら。じゃあ、リュートのところに行きますわよ」

「は、はい……！」


おおよそ怖くて聞けない金額になっているだろう大きな荷物を、チルとタロモが持ち上げて運んでくれるのを見ながら私たちは店を出た。一見そんな力があるようには見えない小さな二人だが、余裕そうに荷物を持ち上げて運んでいる。

――実は召喚されてから二日の間、つまりは私が眠っていた間にチルたちはスキルが発現したのだという。まだスキル発現の兆《きざ》しが見られないのは、いつもの五人の召喚獣の中で私だけだそうだ。

私はリュート様のために、何ができるのだろう。

すべてを持っているように見える彼に足りないものとは、なんなのだろう。

しめつけられる胸の痛みは先程よりも鋭く冷たいが、私に微笑みかけてくれる彼の役に立ちたいと、未だ目覚める気配がないスキルが一日でも早く発現することを祈った。

「買い物は、終わったのか？」

待ち合わせしているベンチに座っていたリュート様は此方《こちら》に笑顔を向けた。すぐに組んでいた長い脚を解き、私たちのところへやって来ようとした彼の腕を、レオ様が掴む。

いつもの朗らかな表情ではなく、眉間にしわを寄せた真剣な面持ちだ。

「リュート、コレでよいのか？」

「ああ、それで登録はできたろ？　お前の親父さんたちにも教えてやれよ」

「すまんな！　まさか、サポート終了になっているイルカムだとは思わず、ずっと使っていた」

「さっき使っていたものより高性能だから、しばらく壊れる心配はねーし、操作も簡単になっていただろう？」

「違う商会のものであるから、操作を覚えるのが大変だ」

「前より圧倒的に覚えることは少ねーだろうが」

呆れたように溜め息をついたリュート様は、今度こそ……というように、私たちのほうへ歩いてきて、チルとタロモが抱えた大荷物を見て苦笑する。

「ずいぶんと大きな荷物だな」

「す、すみません。こんなにたくさん……」

肩を落とすと、リュート様は慌てて首を振り「そうじゃないんだ」と優しい声で言った後に微笑む。

「言い方が悪かったな。持っているのが大変だろうって意味で言ったんだよ。ルナだったら遠慮するだろうからって、イーダとトリスに任せて正解だったな」

「うん、リュートさんの判断は正しい」

イーダ様とトリス様がやれやれと首を振るので、なんとも申し訳ない。

確かに私だけだったらこれほどの大荷物にはならなかっただろうから、リュート様は本当に私の性格を把握している。照れくさいような申し訳ないような気持ちが増し、さらに肩を縮めた。

「チル、タロモ、ありがとうな。荷物は俺が預かる」

礼を言われて嬉しそうなチルとタロモから、リュート様は荷物を受け取ると、何やら操作した。次の瞬間、手に持っていたものが綺麗サッパリと消えてしまった。これもアイテムボックスの力だろうか。

さすが……と感心していると、タロモが私の目の前を横切り一直線にシモン様のもとへ駆けていく。

それからシモン様にぎゅーっと抱きついて可愛らしい声で鳴いた。

「おや、タロモ。寂しかったのですか？」

抱きつくタロモの背を優しくさすっているシモン様を見て羨《うらや》ましく感じると同時に、先程リュート様に群がっていた女性たちを思い出す。

心が一気に不安でいっぱいになって――気付けば、私もタロモと同じようにリュート様にぎゅーっと抱きついていた。

あ、あれ？　いつの間にっ⁉

「おっと……なんだ、ルナも寂しかったのか？」

先程の女性たちとは距離を取っていたのに対し、今の私はゼロ距離である。

それなのに、不安でいっぱいだなんて……

安心させるように抱きしめて頭を撫でてくれるのが嬉しいのに、しめつける胸は痛く、切ない。

人に拒絶されることも、距離を取られることも、嫌われることも慣れているというのに、リュート様にそうされてしまうかもと考えるだけで言い知れぬ恐怖に包まれる。

「あまり離れない方がよかったか。ごめんな。不安にさせた」

耳朶《じだ》をくすぐる甘い声も、惜しみなく与えてくれる優しさももっと欲しいと言いそうになって、わがままな自分が嫌になる。それでも、リュート様の胸に額をつけて、今はただ彼のそばにいてもいいのだと確かめたかった。

「いいものをたくさん買えたか？」

「は、はい。イーダ様とトリス様がたくさん選んでくださいました。……私にはよすぎるものばかりです」

「そりゃよかった。気にせず着てくれ。できることならその姿を見せてくれると嬉しい」

「はいっ！」

笑い合っていると、トリス様が「そうか」と呟く。その含みのある響きに、自然と全員の視線が彼女に集まる。

な、なんでしょう……なんだかすごく嫌な予感がします。

「つまり、リュートさんは、ルナの下着姿も見たいということだな」

ひいいいぃぃぃっ！　何を言い出すのですかあぁぁっ!?

全身が熱くなり、次の言葉が出てこない。

リュート様もひゅっと息を呑んで私に視線を送り、慌ててトリス様の方へ視線を移す。

「だ、誰もそんなこと言ってねーだろ!?」

「でも、購入したものの中に、下着も含まれていましてよ」

「お前らな！」

からかいはじめたトリス様とイーダ様のペースに巻き込まれ、リュート様は狼狽《ろうばい》しつつ頬を赤らめる。トリス様たちに叫ぶ姿はもはや可愛らしく、そばを離れていても今は寂しくない。

「ルナ、違うからな⁉　そういう意味じゃないから！」

「ふふっ、リュート様ったら」

その必死な姿が、なんだか楽しくて声を上げて笑ってしまった。

「……そうだ、ルナ。ちょっと耳を貸してくれ」

からかわれつづけていたリュート様が顔を赤くして、此方《こちら》にやってくる。

なんだろうとリュート様を見上げてみれば、左耳に大きな手が触れる。そうかと思うと、カチリと金属音が聞こえて手が離れる。耳に触れてみると、そこには滑らかで硬質な物体が装着されていた。

「コレをつけたんだ」

そう言ってリュート様が少し屈んで自分の右耳を見せてくれた。

そこに着けられていたのは、漆黒の龍の翼を象った耳飾りに見える。繊細で精巧な青銀色の縁取りが美しく、アクセントのようにつけられた石は地球……いや、リュート様の瞳の色にそっくりだ。

「ルナは天族……俺たちに馴染みのある言い方だと天使の翼を象《かたど》った意匠だけど、機能は俺のと同じだ。これはイルカムっていう、まー、俺たちの世界で言う電話みたいなもんだな」

「え……どうやって操作するのですか？」

「耳元の石に触れたら、目の前にウィンドウが開く。ウィンドウに手で触れて操作すれば繋がるはずだ。俺以外にも、このメンバーは登録しておいたから、何かあったら気軽に連絡するといい」

登録と言っても番号や電波の代わりに個々の魔力の違いとその流れを利用するのだと言うから、この世界ならではのシステムである。自分のイルカムがどんなデザインか気になって指で触れていたら、トリス様が鏡で耳元を映して見せてくれた。

そこにあったのは可愛らしいデザインの天使の翼にリュート様とおそろいの石。ペアだとすぐに分かるデザインなので少しだけ照れてしまった。

「ただ注意点が一つあって、装着者の魔力が一定量を下回った場合や、魔力がなんらかの影響で不安定になった場合は、強制的に使用制限がかかるか、使用禁止になるから気を付けてくれ」

ちなみに、個人の魔力を動力とするから充電の必要はないんだ……と、こっそり私だけに聞こえる声でリュート様が教えてくれた。

イーダ様は私たちが装着しているイルカムに興味を抱いたようで、リュート様に尋ねる。

「アクセサリータイプの常時装着型イルカムって、この前発売されたばかりの最新型ですの？」

「ああ、魔力抵抗値が今までの二十五倍もあるから相当壊れにくいはずだ。ベルンデルンで見つかった新しい魔石だと聞いた」

「それでしたら、貴方《あなた》の馬鹿みたいな魔力にも耐えられるかもしれませんわね」

「全くだ。せっかくルナとおそろいにしたのに、すぐ壊れたら泣けてくる」

「ペア販売のもので、二つ合わせるとハート形になるのですよ。可愛らしいですよね。トリス、僕たちもデザインを変えて購入しましょうか」

「それもいいが……」

シモン様に問われたトリス様は、少し躊躇《ためら》っている様子である。何が引っかかるのだろうかと考えていると、彼女が心配していることが分かったのか、イーダ様はリュート様に向かって質問を投げかけた。

「結構しましたでしょ」

「最上位の魔石を選んだセットだから金貨二枚だったが、金額よりも俺の魔力量に耐えられるのが、それくらいしかなかったからなあ」

リュート様の魔力は強大で、下手なものを使うと、彼の魔力の流れに耐えきれず壊れてしまうそうだ。パソコンや家電が、落雷により発生する雷サージで壊れてしまうのと似ている——という。

雷級の魔力……それって自然災害クラスでは？

言葉にはせずリュート様を見つめると、なんとなく視線から感じるものがあったのか彼は私から視線を逸らして明後日の方向を見る。

しかし、こんな高価なものや私の衣服や生活費をポンッと支払えるリュート様って……本当に何者なのだろう。実家が裕福であることは確かなのだろうが、本当に謎が多い。

「あの……リュート様、こんな高価なものをいただいて、本当によろしいのですか？」

「こう見えてかなり稼いでいるから、これくらいの出費は全く問題ねーんだよ」

自信満々に言う彼に「どうやってお金を稼いでいるのだろう」という疑問は浮かんだが、心配かけないように無理をしているという様子はないので、少しだけ安堵することができた。

第三章　発現しないスキル

買い物を終えて学園へ帰ると、再び医務室送りになった。完全に浄化できなかった呪いの影響を考慮すると、本来生徒が暮らす寮への帰宅は許されないということだ。

イーダ様たちと別れて案内された真っ白な部屋には、至る所に、何かしらの模様が見え隠れしている。いったいなんだろうと思ったら、顔をしかめたリュート様がそれらに触れる。

パチリと音を立てて模様が少し変化したと思ったら、慌ただしい足音か近づいてきた。

「貴重なサンプルをひとりじめにするつもりか！」

「室内の監視魔法なんて許す訳ねーだろ」

扉が開き、現れたのは知らない男性だ。

リュート様はその怒声にも声に臆することなく彼をひと睨みして黙らせた。ついで、彼を追いかけてきたらしいアクセン先生が室内に入ってくる。こちらを見て肩をすくめたアクセン先生が耳打ちをすると男性は震え上がり、アクセン先生に引きずられるように連れていかれた。

え、えっと……なんだったのでしょう……？

その後、静かになった室内でリュート様と『魔力調整』を行《おこな》ったのだが、いつ終わったのか覚えていない。

どうやら、また気を失ってしまったらしく、気が付けば朝になっていた。

それから数日は、教室で授業を受け、必要書類を提出し、医務室で検診を受ける。夜はリュート様から魔力を受けとり気を失い、また朝になる――という生活を続けた。呪いを軽減させるためイーダ様も時折部屋に訪れてくれる。呪いは確かに記憶にも作用していたようで、思い出した日本の記憶をリュート様に話すのが日課だ。リュート様に面倒ばかりかける現状に申し訳なさが募る。

しかもスキルを発現する召喚獣が、その間に続出したのだ。

私には微塵《みじん》も感じられないスキルの発現――それが、とても心苦しくて情けない、そんな生活を続けていた。

「どうすればいいのでしょう……」

ぼんやりと手の平を見つめて呟く。

その日は、いつも一緒にいるイーダ様たちも用事で不在だった。その上、リュート様は教員に呼び出され、私に話しづらい内容だったのか、少し離れた場所へ移動してしまった。ちらりと見ると書類を手に話し合いをしている。

私はリュート様の後ろ姿を眺めながら、比較的人通りの少ない中庭のテーブル席で目立たないよう縮こまっていた。

そんな中、不意に気配を感じて視線を向ける。すると、この辺ではあまり見かけない深紫色に金糸の制服を身に纏《まと》った男たちが数名、此方《こちら》を目指して歩いてきたのだ。

不穏なものを感じて身構えたのだが、彼らは私の背後に視線をやると、いきなり踵《きびす》を返して元来た道を戻ってしまった。一体なんだったのでしょう。

スキルが発現しない自分を誰も彼もが咎《とが》めているように感じる。その時だった。

「少しはスキルが発現する兆《きざ》しでも見せたか？」

背後からかけられた声に振り向くと、そこには真紅の髪の青年――ガイアス様が立っていた。

彼は私に問いかけたにもかかわらず、先程此方《こちら》へやってこようとしていた深紫色の制服を着た男たちを、鋭い視線で睨み付けている。

その表情は彼がリュート様を攻撃してきたときよりもさらに厳しい。

「い、いいえ……」

「全く話にならんな。この国で一番の魔法センスと戦闘力を持つリュート・ラングレイが召喚した、世界で五体目の人型召喚獣だというのに……」

その言葉は私の心に鋭く突き刺さる。どうやら『人型召喚獣』が珍しく、なんらかの期待を寄せられていることは分かっている。リュート様がこの国で最高戦力だと言われていることも知っている。本当はその人の隣にいて恥ずかしくない……相応しい自分になりたい。

しかし、現状で胸を張れるような『スキル』はなく、心苦しいばかりだ。

「ガイアス様のサラムは……『魔力調整』をすることもなく力を行使できたのですよね」

この世界へ初めて来た時に襲撃してきたが、あの時の爆発や熱風はガイアス様の力ではなく、あの火トカゲ――もといサラムの力であった。本来、『魔力調整』を行《おこな》って初めて発現する力を彼とその召喚獣は過程を無視して行使したのである。

「俺は【召喚術師】の称号を持つ家に生まれたのだから、他の連中と一緒にしてもらっては困る。これは、俺たちの家に属する者なら当たり前のことだ。伊達に、上位称号持ちではないのだ」

人知を超えるような力を持つ上位称号持ち――リュート様もその一人なのだ。そんな人が喚び出した召喚獣がこのざまである。

ますます気持ちが落ち込んでしまった私は肩を落とす。

「スキルを発現する感覚って……どのようなものなのでしょう。私はリュート様のためにも……それが知りたいです」

私の口から零れ落ちた弱音にも似た問いに、ガイアス様の眉がピクリと動いた。ダークグレーの瞳が此方《こちら》を見据える。

怒られるだろうか、馬鹿にされるだろうか、と心臓は嫌な音を立てる。

しかし意外にもガイアス様は穏やかに口を開いた。

「焦りは己の力を縛り付け、いらぬ枷《かせ》となる――お前の主が俺に教えてくれた言葉だ。暢気に構えていろとは言わないが、己を責めて追い詰める前に、すべきことがあるのではないのか？」

「すべき……こと？」

「お前は、なぜ俺に言う。お前が持つその気持ちをぶつける相手は……俺じゃない」

分かっている――しかし、この弱音を彼に伝えて困らせてしまうのが心苦しい。これ以上リュート様を失望させるわけにもいかない……もし、彼に切り捨てられたら、私はどうなるのだろうと考えるだけで体が震えた。

それを黙って見ていたガイアス様は、視線を彷徨《さまよ》わせた後、囁くような小さな声で呟く。

「スキルは個人差だが、お前は人間だから感情が大きく作用するのかもな」

「……ガイアス様」

「それと……一応、お前には謝罪しておこう。巻き込んですまなかったな」

その言葉が指し示す意味は、初日に起こした襲撃事件のことだろう。『私には』というところを強調しているのは、リュート様に謝罪する気持ちはないということだ。

「私よりも、リュート様に謝罪された方がよいのではないでしょうか。もし、怪我でもしていたら……」

私がそう言ったとたん、彼はおかしなことを聞いたとでも言うように笑い出す。

「あの男が、あれくらいの攻撃で傷つくことはない。剣術や体術もさることながら、特筆すべきは、見事なまでに緻密で繊細な術式にある。ヤツほど素晴らしい術式を組み、高火力の魔法を放てる者など存在しないのだ。しかも……」

なんだか……嬉々としてガイアス様はリュート様のことを語り出した。その変化に驚いている私の前で、彼は尚も我が事のようにリュート様がどれだけ素晴らしい戦闘センスを持っているのか語っている。

もしかして、ガイアス様って……それほど嫌な人じゃない？　というかリュート様のことについて詳しすぎるような……？

私の訝《いぶか》しむ視線に気付いたのか、彼は軽く咳払いをしてから何事もなかったように表情を引きしめた。

「あと、リュート・ラングレイは言わないだろうから、一つだけ教えておいてやる。ヤツは敵が多い」

彼の言葉に数回瞬《まばた》きを繰り返す。まるで忠告のような言葉だがそもそもガイアス様が『敵』なのでは？　と彼をマジマジと見上げてしまった。するとガイアス様は面白くなさそうに「フンッ」と鼻を鳴らして言葉を付け加える。

「俺など比較になるか。大体俺は……いや、俺のことはいい。とにかく、比較的安全であの男に好意的なヤツが多い学園内だといっても油断はするな」

え？　それはどういう意味ですか——と尋ねようとした瞬間、ひんやりとした空気が流れてきたのに気が付いた。

ガイアス様の腕に抱っこされていたサラムが、『びゃっ』と声を上げて新調してもらったらしいフードを深くかぶってガイアス様の懐へ潜り込む。

「ルナに何か用か」

低く響くリュート様の声に振り返れば、彼は剣呑な色を宿してガイアス様を鋭く睨み付けていた。

しかし、私の肩に置かれた手は優しく、それだけでホッと安堵してしまう。

ガイアス様は顔をしかめて、真っ向からリュート様を見つめる。

「お前の召喚獣にスキルの発現はまだかと聞いていただけだ」

「いらねーことを言ってんじゃねーよ」

「フンッ！　だったら、遠慮などせず話し合いでもするんだな！　あと——奴らが奇妙な動きを見せていたぞ」

「……そうか。懲《こ》りねー奴らだな」

二人が言葉を交わしていることに興味を抱いたのか、周囲の視線が集まり始めた。そのことに気付いたガイアス様は小さく舌打ちをすると、鋭い視線で私たちを見つめる。

「とりあえず、早くスキルを発現して手合わせをしろ！」

「ルナは戦えないぞ」

「そこの辛気くさい女に用はない、お前が戦えばいい話だ！」

そう言ってガイアス様は私に視線を移す。

「悔しければ、その女を少しはマシな顔つきにさせて、スキルの一つや二つくらい発現させておけ！」

それだけ言うと、ガイアス様は、周囲を面白くなさそうに睨み付け校舎の方へ歩き出す。「さすがに言いすぎだろ」と声をかける人々を引き連れて歩くガイアス様に抱えられたサラムが、ぴょこっと顔を出して此方《こちら》を見る。小さく手を振ってくれたので振り返すと、サラムは嬉しそうに目を細めて尻尾を小さく揺らした。

襲ってきた時は怖かったけれども、「またねー」とでも言うような仕草が可愛らしくて心が和《なご》む。緊張しきっていた体が緩み、ホッとしているとリュート様が気遣しげにこちらを見ていた。

「ルナ、何もされてねーか？」

「大丈夫です。少し……お話をしておりました」

「アイツと話を？」

怪訝そうなリュート様にガイアス様との会話を言っていいのかどうか迷う。私は、自分の不安についてリュート様に伝えていない。情けないと思われるかもしれないと、黙っていたのだ。

しかしガイアス様の言葉を思い出して、私は重い口を開いた。

「……スキルについて……です。まだ発現しないのが……辛い、と」

「ルナ……」

「情けないな……と……」

「情けなくなんかねーよ。人には人のペースがある。焦らなくてもいい。俺はルナのスキルを求めているのではなくて、ただ……ルナと一緒にいたいんだ。そういうのは……ダメかな」

不安げに眉尻を下げて私の顔を覗き込んでくる彼に驚きながらも、慌てて首を振る。

「私も一緒にいたいです」

口をついて出た私の言葉に、リュート様は嬉しそうに微笑んでくれた。

スキルが発現するなら、リュート様のお役に立てるものがいい。でも焦ったところで状況がよくなる訳ではない。

それが分かっただけでも、胸にあったつかえが取れたように心が軽くなる。肩に置かれている彼の手に自分の手をそっと重ね、今ここにある幸せを噛みしめるように笑い合った。

第四章　幸福のレシピ

ガイアス様との邂逅《かいこう》から数日が経ち、ようやく体調が安定してきたことと呪いがイーダ様の浄化により弱体化して周囲に影響を及ぼさないまでになっていると判断されたことで、私は学園からの外出や寮への帰宅が許された。

リュート様がこの軟禁生活が続くことにピリピリしていたので、心配していたのだが、「理由を付けて監視されているから苛立っているのだ」とトリス様が教えてくれた。

監視と聞いて医務室に現われた男の怒声と、私の知らない複雑な事情があることだけは察することができた。

ガイアス様の「ヤツは敵が多い」という言葉を思い出す。

リュート様はこの国の最高戦力と言われているのだから、色々としがらみがあるのかもしれない。

それが少し心配である。

それでも前ほどは気持ちが落ちこまないのはリュート様とガイアス様の言葉のおかげだ。

しばらくお世話になった部屋を綺麗にした後、清々したというように体をグッと伸ばしていたリュート様は、気分を切り替えるように目を輝かせて此方《こちら》を見つめる。

「よし、じゃあ……一応退院祝い？　ってことで、夕飯は外で食べるか！」

「え……いきなり外出してもいいのですか？」

「ああ。イーダたちとの約束もあるしな」

「約束？　お買い物に付き合ってくれた時のお礼ですか？」

「それそれ」

会話を楽しみつつ教室へ入って授業を受ける。いつの間にか外出許可を人数分確保したリュート様は、授業が終わった後にどこかへ連絡を入れているようだ。

その様子をレオ様たちが、そわそわしつつ見守っている。

チラリと視線を此方《こちら》へ向けリュート様が笑ったのを合図に、四人はハイタッチをした。

何がそんなに嬉しいのだろう。

首を傾げていると、笑顔のイーダ様に肩を叩かれた。

「さあ、ルナ。リュートの店に行きますわよ」

「……リュート様のお店？」

「なんだ、聞いておらんのか？」

キョトンとしている私に、イーダ様とレオ様は意外だというように顔を見合わせる。

「リュートは商会を立ち上げて、色々と店を経営しているのですよ」

「今から行く店は聖都でも人気の飲食店で、トマトスープが絶品なのだ」

シモン様とトリス様の説明を聞き、私は一瞬言葉を失った。

え？　飲食店っ⁉　というか商会⁉

初めて聞く情報に驚いていると、戻ってきたリュート様が手早く荷物を片付けて四人に声をかける。

「よし、んじゃあ、そろそろ行くか。今ならまだ開店前だから客に絡まれる前に入れるだろ」

「よっしゃ！　飯だ！」

「久しぶりに、リュートの店でご飯ですね。とても楽しみです」

「うん、とても楽しみ」

「聖都一美味しいのは認めますわ」

リュート様、レオ様、シモン様、トリス様、イーダ様と楽しげな声を上げて歩き出す。

私は、何気なくみんなの後ろ姿を見ていた。

「ルナ」

名を呼ばれて視線を移すと、リュート様が手を差し伸べていて……グレンドルグ王国の学園ではありえなかった光景に胸が一杯になる。あちらの学園では一人だったが、今はリュート様がいてくれる。

「ほら、一緒に行こう。一人になんてしねーって言ったろ」

「リュート様がお店をやってるなんて知りませんでした」

そんな拗ねた子供のようなことすら言えてしまう。

瞬きをして「言ってなかったっけ」と呟いたリュート様の大きくて頼もしく温かい手を取る。こうして新たな世界で人生を力強く生きているのだから、私も頑張らないと！

そう考えた私の契約紋が少しだけ熱くなった気がした。

§§・✽・❀・✽・§§

リュート様のお店というのは、聖都の海側にある大きな通りにあった。船がちょうど停泊したのか、大きな帆船が遠くに見え、そちらから歩いて来る人が多い。

人通りの多い道をリュート様に連れられて歩いているのだけれど、この世界は本当に高身長な人が多く、身長が高いはずの自分でも埋もれてしまうのではないかと不安になる。

周りを見渡して、私より低い身長なのは、パッと見た感じではドワーフ族と言われる種族と子供くらいであった。

うん、リュート様の手を放したら、絶対に埋もれて迷子になりますね！

彼から離れてはいけないと手を必死に握るけれど、人波に呑まれてしまいそうになり、慌てて彼の腕にしがみついた。

「る……ルナ？」

「人波に流されて迷子になってしまいそうですっ」

リュート様を見上げて必死に訴えると、彼は納得したようで「ちょっとごめんな」と一言断ってから、ギュッと力を入れてしがみついていた私から腕をほどき、肩を抱き寄せてきた。

「しがみついたままだと歩きづらいだろ?」

私を誘導して壁際を歩きつつ、自らの体を使って壁になってくれるリュート様に感謝すると同時に、近すぎる体の距離と肩を抱く腕の力強さに頬が熱くなる。

よく見ると、レオ様は頭の上にガルムを乗せ、左右の腕にはチルとタロモを抱えていた。どうやら、一番力持ちのレオ様が召喚獣たちの面倒をみているようだ。

私より少し背の高いトリス様はシモン様のエスコートを受け、イーダ様はレオ様を盾にしてファスを腕に抱えている。

やはり、すごい人の波は小さな召喚獣たちには脅威なのだろう。

ガルムはレオ様の頭上で威風堂々としているが、チルとタロモはビクビクしながらしがみついている。ちなみに、興味津々で目を輝かせて今にも飛び出していきそうなファスを、イーダ様はしっかり捕まえているようだ。

「あとちょっとでこの人混みは解消されるから、そこまで頑張ってくれ」

優しい笑顔と共に、そう言って私を励《はげ》ましてくれるリュート様に頷き返すと、彼は凛々しい表情を前方へ向けた。

人の動きを見ながら、私が歩きやすいよう誘導してくれている彼の優しさが嬉しい。おかげで先程みたいに離れ離れになる心配をすることなく、目的地まで歩くことができた。

「ほら、アレだ」

指し示されたお店は、薄暗くなってきた街なかでも目立つくらい綺麗な光をたたえていた。白壁とレンガの建物は道に面したところがガラス張りで、店内がよく見える造りになっている。周囲の少し閉鎖的な店とは明らかにデザインが違い、日本にあるオシャレなカフェの外装を思い出して思わず口元が緩んだ。

店の出入り口の看板には『キルシュブリューテ』と書かれている。どこかで聞いた単語だと感じたのに思い出せない。首を傾げている私に、リュート様が「ドイツ語で桜の花の意味だ」と教えてくれた。

この世界には桜の木は存在しないそうで、この店名も造語だと思われているらしい。

「またいつかどこかで見たいよな」

「ええ、……そうですね」

私たち日本人には縁が深く、春の象徴でもある懐かしい樹木を思い出し、小さく呟いたリュート様の体に寄り添う。

こうして寄り添えることが幸せだと感じると同時に、この名前をつけても理解されずに苦い思いを抱いた彼の隣に、どうして私はいなかったのかと悔しく思う。

皆には「キルシュ」と呼ばれているこの店は、聖都で知らない人はいないほどの人気店で、遠くから足を運ぶ人も多いそうだ。実際、まだ開店していないのに店内をガラス越しに覗き込んでいる通行人も多い。

店の前にある噴水広場でウロウロしている人たちを見て、日本だったら行列ができるのだろうかと想像し、口元に笑みが浮かぶ。

そんな人々を差し置いて正面から――ではなく、裏の従業員出入り口から入ると、割と広い空間が迎えてくれた。

裏口玄関の左手には二階へ続く階段があり、右手は大きい厨房へ続いているようで、せわしなく動く人影が見える。

奥へ進み、中の人たちに何かを頼むと、リュート様は私たちを連れて席の方へ向かった。

「ここがメインフロアだ」

案内されたのは、先程外から見えたガラス張りの広い空間だ。外から明るい光が差し込んでいる。内装は落ち着いた印象で、居心地がいい。並べられたテーブルと椅子は、四人用と六人用というように分かれていて、お客様の人数によって変更できるよう考えて配置されていた。

その奥には立派な木のカウンターがあり、カウンター席から見える棚には、お酒の瓶が所狭しと並べられている。とても種類が豊富で、どこの世界でもお酒に力を入れる人がいるのだと苦笑が浮かぶ。

日本ではよく見るオシャレな店内という感じだが、実はこの世界の他のお店は広い空間に大きなテーブルと木製の椅子が無造作に並べられ、外からも見えないように壁で覆われていることが多いそうだ。周辺の店を閉鎖的だと感じたのは、そのためだろう。そんなデザインの珍しさもあって、このお店は聖都で人気があるのだとシモン様が教えてくれた。

道理で店内を外から覗き込む人が多いはずだ。そう納得していた私の背中に腕を回し、リュート様が客席ではないほうに私たちを案内した。

メインフロアの右側にある廊下を渡って奥へ行く。すると店の雰囲気ががらっと変化した。

どうやら店の奥は隠れ家風の個室になっているようで、その一番奥の個室を本日は使うらしい。

リュート様に促されて室内に入ると、大きなテーブルとソファーが見える。シンプルだが上質なものを使っていると一見して分かった。

イーダ様たちは慣れたようにソファーへ座り、物珍しそうにしている召喚獣たちが騒がないように気遣っているようだ。

イーダ様たちにならって腰を下ろすと、私の隣にリュート様が当たり前のように座ってくれる。そんな些細なことが嬉しくて思わず笑うと、リュート様が私の頭を撫でた。

ひそかに幸せを噛みしめていたら、前触れもなく部屋の扉が開いた。

「オーニャーだにゃ！」

「オーニャーきたにゃっ！」

開け放たれた入り口から可愛らしい二足歩行の猫が顔を出す。

猫？　二足歩行の猫？　いやいや、二足歩行のラッコもいるのですから……と心の中で自らを落ち着かせ、どうにか動揺を隠してその子たちをじっくり眺める。

白いコック服を着用し、コック帽とスカーフ。

くりっとした大きな目が愛らしく撫でたくなってしまう。

シャム猫っぽい子とラグドールみたいな子……うぅ……可愛い、可愛すぎます！

「キャットシー族でカフェとラテだ」

「……リュート様？」

安直な名前に思わずリュート様を半眼で見つめる。すると慌てた様子でリュート様は左右に手を振った。

「いや違うから！　コイツらの名前は俺がつけたんじゃないからなっ⁉　キャットシー族は食べ物にちなんだ名前を付けることが多いんだ。そうだよな、イーダ」

「え、ええそうですわ。キャットシー族のみが【料理スキル】を使えますので」

「【料理スキル】ですか……？」

思わぬ言葉に目を瞬《しばた》かせる。

この世界では人間が新しい料理を思い付いたとしても、食材を組み合わせたり調理を行おうとしたりするとすべて失敗してしまう。唯一【料理スキル】を持つキャットシー族だけが、一からの調理を行《おこな》えるということらしい。

それを聞いて、私は「あれ？」と首を傾げた。

「でも、クレープ屋さんは目の前で作ってくださいましたよ？」

「あれはキャットシー族からレシピを買っているからだな。人間族や他の種族でも、レシピさえあれば料理を作ることができる。まあ、グレードは大分落ちるが……」

この世界では知識や経験がなくても、該当するレシピを習得して材料さえ揃えれば欲しいものが作れる。しかし、その代償とでも言うのだろうか。味や品質は、スキルを持つ者とは比べものにならないほど劣化してしまう。

以前食べたクレープが全体的にぼやけた味であったのは、それが理由だったのだと納得した。

「なるほど……！」

一応、料理などの生産レシピは、レシピ管理ギルドで誰でも購入が可能だという。

しかし、取り扱っているレシピは、生産した者が申請して登録したものに限られるうえに、良質なレシピほど秘匿される傾向にある。そのため、優秀な技術が各地へ広まるのには時間がかかるということであった。

「料理のレシピを作れるのはキャットシー族のみ——だからこの世界は食文化の発展が遅れてるんだ」

リュート様は苦笑して、私だけに聞こえる小さな声で呟いた。

その声の苦さにハッとする。日本の記憶がおぼろげな私ですら、クレープの味の違いに愕然としたのだ。

日本の記憶が鮮明に残るリュート様にとって、美味しい食材や料理の記憶があるのに、自ら手を出せなかったことは非常に苦しかったのではないだろうか。

その感情の表れがこのお店であり、店名――リュート様にしか理解できない『桜の花』であるように感じた。思わずそっと手を握ると、リュート様は驚いたように私を見つめてから、ほころぶような優しい笑顔を向けてくれる。

リュート様は私のスキルが発現しなくても、日本のことを理解してくれるだけで嬉しいと言ってくれるけれど、やはりそれだけではダメだ。

私は、私にしかできない何かでリュート様の役に立ちたい。

そう、密かに決意を固めていると、キャットシーの二人――カフェさんとラテさんが今気付いたというように私の方を見て首を傾げる。

「にゃ？　にゃんだか、オーニャーの匂いがするにゃ？」

「オーニャーと同じ匂いがするにゃっ！　サブオーニャーにゃっ？」

「こんにちは。私はルナティエラと言って、貴方《あなた》たちのオーナー、リュート様の召喚獣です」

「召喚獣にゃ!?」

「人間みたいに喋ってるし、僕にも言葉が分かるにゃっ！　それにオーニャーの召喚獣にゃら、やっぱりサブオーニャーにゃっ！」

くりくりの大きな瞳で此方《こちら》を見て踊り出す姿は、ぬいぐるみかと思うくらい可愛らしい。

うう、頭を撫でたいです……

思わず出そうになる手を抑えていると、リュート様が怪訝そうな顔で二人を見た。

「カフェ、ラテ、他の奴らはどうした？」

「みんなで準備中だにゃ、だけど……」

「そうにゃのにゃっ！　それで、困ったことがあったのにゃっ！」

仲よく踊っていたのにリュート様の言葉で思い出したことがあったのか、二人は動きを止めた。

リュート様を見上げた二人の大きな目が、突然うるうると潤《うる》み始める。

え、な、何？　どうしたのですか⁉

これにはリュート様も焦ったようで、二人の前にしゃがみ込んだ。

「すぐ聞かなくてすまん。……どうした？」

「トマトがすっぱいのにゃ」

「すっぱくてスープには使えにゃいのにゃっ」

「味見したら、すごくすっぱかったにゃ」

「うにゃあぁぁんっ、せっかく作ったのに失敗にゃあぁぁっ」

泣き出した二人に、リュート様は困ったような顔をしてから思案するように口元を片手で覆う。

「悪い、とりあえず厨房へ行ってどういう状況か見てくる。飲み物を運ばせるから、ここでルナたちはくつろいでいてくれ」

ほら行くぞと、リュート様はカフェさんとラテさんの二人を連れて部屋の外へ出ていこうとする。

その瞬間、なぜかぞっとするほど寂しくなって私は思わず後を追った。

そして、離れてしまうという焦りからリュート様の背中めがけてダイブするように抱きついたのである。

「うわっ……え？　ルナ？」

「私も行きます！」

「え？　いや、俺はこれから仕事だから、ルナはゆっくりして……」

「……一緒に行ったらダメですか？」

どうしても離れたくない。リュート様のそばにいたいという言葉は恥ずかしくて言えないが、近くにいて存在を感じていたい。

リュート様はしばらく私を見つめて、どうしたものかと思案している。その様子にすら不安が募る。そのうち、自分がとんでもないわがままを言って困らせているのではないかという気がしてきた。仕事なんだから仕方ないというのに、なぜこんなことをしてしまったのだろう。

慌てて体をリュート様から離そうとした瞬間、思わぬところから助け船が出された。

「リュート、今日はルナさんから、どれくらい離れています？」

「え……あっ！」

シモン様の問いかけに、ハッとしたリュート様が目を見開く。

「召喚獣は、召喚されてすぐの間は召喚主の魔力を介してマナの調整を行《おこな》っています。その間、主と離れれば離れるほど不安定になり、精神に悪影響を与えます。アクセン先生がおっしゃっていたでしょう？」

シモン様の説明を聞いていたレオ様も、同意するように頷いた。

「簡単に言えば、この世界に喚ばれマナの調整を行《おこな》っている期間、召喚獣は常に命を脅《おびや》かされているようなものだ。それなのに生命線である主が離れるのだから、不安にもなる」

「そういうことです。ルナさんは、他の召喚獣に比べてリュートの行動に理由があることを理解し、配慮するがゆえにずいぶんと我慢しているのだと思いますよ？」

シモン様の言葉にリュート様が唇を強く噛みしめる。

「ごめん……考えが足りなかった。不安だったよな」

優しい腕に抱かれ、彼の口から零れ落ちた言葉に、胸がじんっとあたたまるのを感じる。

でも、リュート様……違うのです。私がわがままなだけなのです。離れたくないって思ってしまって、リュート様を困らせただけですよ。

そう伝えたくて彼を見上げれば、アースアイの煌《きら》めきの中に深い後悔の色が見えた。

「ルナがあまりにも召喚獣じゃなくて人間に見えるから、普通の女性として接していたんだ。でも、召喚獣として召喚されたルナは、マナ調整の間だけだとしても召喚獣の理《ことわり》から逃れられない部分も出てくるってことに、もっと配慮するべきだった」

そうだとしてもリュート様の行動は私のことを考えた結果であって、蔑《ないがし》ろにしたわけではない。今だって疲れが出ないように休ませようという心遣いから来た行動だ。それのどこを責めるというのだろう。

一人で待っていてくれと言われて怖くないと言えば嘘になるが、その恐怖よりもリュート様の迷惑になりたくない気持ちの方が強い。

「いいえ、リュート様。……私の方こそごめんなさい。たくさん考えてくださっているのに」

「いや。ルナのことを考えて行動したとしても、不安にさせてしまったら意味がない。ごめんな……不安にさせて」

リュート様は、私の頬を大きな手で包み込む。じんわりと感じるリュート様の熱が私の心を隅々まで満たしていくようだ。

リュート様を信じていないわけでも、疑っているわけでもない。

ただ……本能に訴えかける恐怖は拭うことが難しいので、少し甘えさせてくれたら嬉しい。

そんな思いで優しく頬を撫でてくれる手に触れていると、制服の裾《すそ》をクイクイッと引っ張られた。

「サブオーニャーも来るにゃ？」

「一緒に行こうにゃっ！　頑張って美味しいもの作るから食べるにゃっ？」

どうやら、カフェさんとラテさんにまで心配をかけてしまったようである。

大きな目で心配そうに、「来るにゃ」「おいでにゃっ」と言ってくれる二人の心遣いが嬉しくて、口元が自然と綻ぶ。

リュート様を見上げると、今度はしっかりと頷いてくれた。

「ゆっくりできないと思うけど、一緒に来るか？」

「はいっ！」

嬉しい！　と全身で喜びを表していたら、一度ぎゅうっと力強く抱きしめられ、息が詰まるくらいの幸福感を覚える。

「私たちはここで待っているから、いってらっしゃい」

「すまねーな。飲み物を先に運ばせるから、いつものように注文していてくれ」

「分かりましたわ」

トリス様とイーダ様が笑顔で手を振ってくれて、ファスも尻尾をふりふりしてくれた。

タロモとチルもお行儀よく椅子に座り控えめに手を振り、レオ様の頭の上が気に入ったのか、そこに落ち着いていたガルムが小さく手を挙げる。

「いってきます！」

リュート様の腕を取り、部屋を出てカフェさんとラテさんと一緒に歩き出す。

ふふっ、リュート様のエスコートですね！

グレンドルグの卒業パーティーの時にリュート様がこうしてエスコートしていてくれたら……と、一人妄想していたら「あのさ……」と、遠慮がちなリュート様の声がした。

「ルナが前にいた世界では婚約者と……こうやって腕を組んでいた？」

なぜそんなことを聞くのだろうと首を傾げながら、今まで参加したパーティーのことを思い出す。

侯爵令嬢でありセルフィス殿下の婚約者……もしくは、婚約者候補であった時の記憶まで遡《さかのぼ》ったのだが、彼にエスコートをしてもらった記憶はない。

いくら記憶の中を探っても全く覚えがなかった。

「いいえ、誰もエスコートなんてしてくださいませんでした。いつも一人でした」

とはいえ、おかしな話ではある。両親が外へ出ることを許さず、必要最低限のパーティー以外に顔を出さなかったが、仮にも婚約者だった殿下がエスコートをしないなんて。

まあ、それだけ嫌われていたのだろう。

私が首を振ると、リュート様は困ったように目を瞬《しばた》かせた。

「あー、そっか……そうなのか。んじゃあ、今後もこういうことをするのは俺だけってことで、よろしくな」

ほんのりと紅く染まったリュート様の頬を見て目をみはる。

それって、リュート様がずっと私をエスコートしてくださるってことですか？　聞き違いじゃないですよね？

嬉しくなって力いっぱい腕に抱きつくと、驚いたような表情をしてからリュート様は柔らかく微笑んでくれた。それだけで先程まで感じていた不安は霧散する。喜びだけに包まれた心は羽のように軽く、蜜のように甘かった。

カフェさんとラテさんに連れられて到着した厨房は、既にいい匂いに包まれていた。棚に積まれた数多くの食材を見ても、グレンドルグ王国よりも食材が豊富であることは間違いない。

周囲には見たこともないような機材が並んでいる。カフェさんとラテさんの身長では届かない高さの作業台を見て、不便はないのかと心配になったが、どうやらワンタッチ式の踏み台が設置されているようだ。

「踏み台……？」

「ああ、最初はカフェとラテの身長に合わせて作ったんだけど、俺も一緒に作業していた時に、低すぎて腰を痛めて……」

「痛そうだったにゃ」

「イタタでしたにゃっ」

カフェさんとラテさんの高さに合わせた作業場は、高さが六十五センチ程しかなく、長身のリュート様には厳しかったようである。

「三人で話し合った結果、俺が扱いやすい高さにして、普段はワンタッチで踏み台が設置できるタイプに切り替えたんだ」

なるほど、そういう理由があったのかと、作業台やコンロや蛇口のついた洗い場の下を覆うように設置された踏み台を改めて見る。

とても頑丈そうな金属でできており、幅もそれなりにある。カフェさんとラテさんが勢いよく乗ってもグラつくことはない。

その上で危なげなく、軽い足取りで作業をするカフェさんとラテさんと、その後ろにいるリュート様を眺めた。

「このスープですにゃ」

「味を見てほしいですにゃっ」

カフェさんとラテさんに促され、リュート様は問題の鍋からスープをひと匙掬《さじすく》って口に運んだ。

「うへぇ……これはさすがに酸味が強いな」

「そうにゃのにゃ」

「このトマトがすっぱかったにゃっ」

顔をしかめたリュート様に、カフェさんがトマトを差し出す。一見赤く熟しているように見えるけれども、熟したトマトがそれほど強い酸味を帯《お》びることがあるだろうか。

トマトを手に取ったリュート様は、しばらくそれを眺め、何かに気付いたのか片手で目元を覆った。

「そりゃ、すっぱくもなるわ……運搬の途中でスウィートビーに糖分を食われたんだろう。ほら、ヘタのところ見てみろ。ここに穴が開いてる」

リュート様がトマトを二人に差し出す。二人は、リュート様の言葉にしっぽを逆立てた。それから慌ててトマトを手に取ってじっと見つめる。

「本当だにゃ！」

「やられたにゃーっ」

スウィートビー？　名前からして甘い蜂なのかと思ったが、蜂が甘いのではなく、甘みを奪う蜂という意味で名付けられたそうだ。野生のスウィートビーは、収穫された作物などを狙い、どこからともなくやってきて、甘みを奪っていくらしい。

そうして様々な花や作物から集めた甘みの結晶であるスウィートビードロップは、とんでもなく高級品でコクがあり癖になる甘みだという。

「在庫は？」

「木箱いっぱいあるにゃ」

「仕入れたばかりにゃっ！　全部すっぱくはにゃいかもしれないけど……この調子だと味に期待はできにゃいにゃ」

ションボリとするカフェさんとラテさんを見て、なんて言葉をかけたらいいか分からない。

ともかく、どれくらい酸味が強いのかが気になってしまう。

「リュート様、私も味見をしてみたいです」

「ん……すっぱいからな？」

そう注意してくれたのはいいのだが、スープの入った小皿とスプーンを手渡してくれるのではなく、なぜかスプーンでスープを掬《すく》い私の口元へと運んでくれたのだ。

「あ、あの……リュート様？」

「口を開けて、あーんして」

色気たっぷりに囁くように言われ、そのリュート様の笑顔にやられて動けなくなっている私の唇に、スプーンを軽く押し当てる。

「ほら……」

羞恥心で震えながら唇をうっすら開くと、スプーンの中のスープをそっと流し込まれた。なんとか飲み込むが、恥ずかしくて味なんて分かるはずもない。

「もう一口いるか？」

リュート様は私の反応にご満悦のようで、目の毒になりそうなほど男の色気を増した笑みを浮かべる。

「む、無理ですぅ……」

もう勘弁してくださいと白旗をあげたい気持ちで、彼から逃れるように視線を左斜め下に下げると、カフェさんとラテさんの頭が見えた。

「ラブラブにゃ」

「やっぱり夫婦だったにゃっ」

カフェさんとラテさんが小さな声でヒソヒソ言っていますが、聞こえていますよ……

とりあえず、今度はちゃんと味わうために、リュート様の手から小皿とスプーンを奪い、小皿の中のスープをスプーンで掬《すく》って口に含む。すると強い酸味が感じられた。

さすがにこれを、このままトマトスープとしてお客様へ出すのは難しそうだと考えながら、口の中ですっぱいスープを味わう。すると最後にはほんのり甘さが残った。トマト以外の野菜の甘みだろう。

「酸味は強いですが、ベースの味はとてもいいですね」

「この店では、こいつらの作るトマトスープやトマト煮込みが人気でな。さすがに、このままだとお客様には提供できないが……」

「ごめんにゃさいにゃ、オーニャー」

「ごめんにゃさいにゃっ」

「大丈夫だ。二人がいつもよくやってくれているのは知っているし、これはお前たちのせいじゃねーから……な？　ほら、他にも仕込みがあるだろ？　そっちに取りかかっていてくれるか？　このスープは少し考えてみるからさ」

作ったスープが散々で気落ちしてしまった二人と、二人を励《はげ》ましているリュート様を見ていたら、なんとかしてあげたい気持ちがどんどん湧き上がってくる。

耳と尻尾を垂れ下げて「お肉の仕込みをしますにゃぁ」と厨房を出て行く二人を見送り、私はリュート様を勢いよく見た。

「私もお手伝いしていいですか？」

「もちろん、めっちゃくちゃ助かる……けど」

勢い込んだ私を見て、リュート様が驚いたように目を丸くする。

今までの私だったら、こんな出しゃばるようなことは絶対に言えなかったが、ガイアス様の言葉やリュート様の温もりが勇気をくれたのだ。

それにトマトスープの香りが私の記憶の糸をたぐりよせ、懐かしい風景を思い出させた。

前世での我が家では一風変わった『家族内ルール』があった。

普段家族のために料理を作り、家事を頑張ってくれている母を労《いたわ》るために、日曜日の夕食は母がリクエストをする料理を、家族全員で作っていたのである。

料理に不慣れな父と、プロ並みに料理上手な兄と、私の三人で試行錯誤しながら作り上げた料理を「美味しいね」と家族で一緒に食べる穏やかで優しい日曜日が私は好きだった。

そのおかげで、人並みには料理が作れるようになったと思っている。もちろん、日本にいた頃は、市販のルーだったりタレだったりブイヨンだったりと、調味料が幅広く揃っていたし、楽ができる手順が多かったこともあるけど。香辛料やハーブを使って――と考えたところでハッとする。

「リュート様、ハーブってありますか？」

「ハーブ？　二年前に偶然見つけたバジルだったら使っているが……」

「え？　バジルだけ？」

目を丸くして問えば、彼はバツが悪そうに視線を逸らし、ボソリと呟いた。

「い、一応……この世界でハーブは……ポーション作りに使うもので……その……料理に使うのは一般的じゃないんだ」

「そうなのですか？」

だが、それだけでは料理にハーブを使わない理由にはならない。現に、バジルは使っているのだし、リュート様にはその知識があるのだ。

ジーッと見つめていると、彼は観念したように肩を落として、衝撃の事実を告げた。

「実は俺、元の世界で料理したことねーから、詳しくなくて……ハーブもピザにのっていたバジルは知っているが、他は使い方もわかんねーし、覚えている味や完成された料理の形状をカフェとラテに伝えて、それらしくできたものを味見してから調整ってのを繰り返して、記憶に近い味を再現しているだけなんだ」

「はいっ⁉」

「面目《めんぼく》ない」

シュンとしてしまったリュート様を見て、呆れるやら感心するやらである。

自分の舌で味わった記憶だけを頼りに、ここまでの店を作り上げたという……それは、生半可な努力ではない。

もちろん、リュート様だけではなく、カフェさんとラテさんの頑張りも大きいだろう。

しかし、優秀なカフェさんとラテさんの協力があったからといって、日本で味わっただけの料理を、調理方法も知らないのに再現するなんて無謀とも言える。

「実は、この世界で記憶が戻ってからしばらく、それまでは普通に食えていたこの世界の料理が……食えなくなったんだ」

しばらく――というのはリュート様がこの世界の食べ物をある程度改良するまでの間、ということでしょう。

私も同じだ……記憶が戻ってからというもの、心から美味しいと思える食事にはありつけていない。

かといって、前世の記憶を取り戻す前の私が、あちらの世界の料理を美味しいと思って食べていたかと問われたら、そうとも言えないけれど。

とにかく彼の場合も記憶を取り戻してから美味しいと思えなくなった……ここまでは同じだ。

しかし、そこからの行動が違った。

私は何もせずに淡々と受け入れたのに対し、リュート様は諦めきれずに行動を起こした。その結果が、この店ということになるのだろう。

「そんなに、リュート様が店を作る前の料理は酷かったのですか？」

「ルナのところはどうだった？」

「グレンドルグ王国では基本的に、塩味だけのスープや硬くて平たいパン、保存のために塩をまぶして漬け込んである肉や魚を食べておりました」

「こっちは魔法があるおかげで保存に塩を使わなくても済んでいた。それに唯一レシピを作成できるキャットシー族が薄味を好むことから、味が薄く水っぽい料理が多かった。パンはやっぱり平べったくて硬いが」

ああ……どっちもどっちだ……と、思わず溜め息が出てしまう。

とはいえそんな食事環境であったにもかかわらず、今のこの世界では日本の水準とまではいかなくとも、誰もが自分の好みの料理を店で注文できるくらいに達しているようだ。

クレープがあることから見て、乳製品の流通は整っているし果物だってそうだ。

野菜だって豊富にあるようだけれど、これはすべてリュート様が手配したのだろうか。

そのことを尋ねると、リュート様はこくりと頷いた。

「記憶を取り戻した時期は、かなり早かったのですか？」

「十三歳の頃、騎士科の訓練で魔物に襲われた後輩を助けて谷底に落ちてさ……まあ、なんとか生き延びたんだが、その時に前世の――日本の記憶を取り戻した。それが影響したのか、爆発的に力が覚醒したんだけどな……」

そこからまったく食事に満足できなくなった、ということらしい。

しかしリュート様は諦めることなく計画を立てて動き出したのだ。

直接、料理スキルを持つキャットシー族と交渉し、固定観念や伝統に縛られることなく新しい味を探せる人材を確保した。それがカフェさんとラテさんだったということらしい。

「手を付けられるところはすべてやった。畜産農業関連や運搬や貿易やら、その手の専門家を巻き込んで、そりゃもう頑張ったんだ。でも、まだ……足りねーんだよな」

彼が足りないというのは、きっと日本の味と比べているからだ。

私たちが知るふるさとの味……他の世界では絶対に到達していない高み——日本にいた頃は当たり前すぎて意識したこともなかったが、あれはとんでもなく高い水準だった。

「おかげで、偏食だの美食だの味にうるさい変人だのよく言われた。この世界は、それまで食に関しての興味関心が薄かったからな」

それはとても辛く大変な道のりだったのではないだろうか。

カフェさんとラテさんと知り合ってからは、無理難題を頼み込みずいぶん困らせたようだけれど、二年前に店を持つことができて、瞬《また》く間に繁盛店へと成長していった。

そして、作ったレシピは秘匿せずに買い取ってもらって各国に流し、拡散させたのだという。

そこから得た資金と店を経営して出た利益も加わり、資産がとんでもない額になっているから、私を養《やしな》うのは問題ないのだとリュート様は教えてくれた。

凄い人がいたものである。

ただ、美味しいものが食べたいというだけで、大勢の人を巻き込んで流通を改善し、そのためのアイテムを作り出し、たくさんのものをこの国にもたらした。

イーダ様が、『私の考えている以上にリュート様は、この聖都で影響力を持つ』と言った意味が理解できた気がした。

そして、それでもリュート様が満ち足りていないことを同時に悟ったのである。

ようやく自分にできることが見つかった気がした私は、逸《はや》る気持ちを抑えるように、胸の前で手を握り込んだ。

「リュート様。ハーブをできる限り用意していただけませんか？　カルダモンというものがあれば、それが一番いいのですが……名前は違うかもしれませんし、今このお店にあるハーブを全部並べてもらってもいいです！　あとは赤ワインとニンジンもあったら嬉しいです」

にっこり笑ってそう言うと、リュート様が驚いたような顔をして目を瞬《しばたた》かせた。

恐る恐るといったように問いかけてくる。

「ルナは……料理が……」

「趣味の程度ですけど、少しだけならできます」

「マジか……すげーな、そりゃ助かる！　あっ、でも、調理するのはカフェとラテに頼んでくれな」

「はい、分かりました！」

スキルがないとレシピのない料理が作れないのは不便だが、私の知識が役に立ち、何よりリュート様が喜んでくれるかもしれない。こんなにも胸が熱くなるのは、この世界に来て初めて彼の役に立てる気がしたからだ。

「ルナがいてくれると、本当に心強いよ」

甘く微笑むリュート様に一瞬くらっとしたけれども、今はそれどころではない。

カフェさんとラテさんの自慢のスープが一大事なのだから、満足いくスープへ仕上げなければ！

と、俄然力が入る。

「私にできる限り、頑張ります！」

「気合いたっぷりだにゃ」

「何かいい案でも浮かんだかにゃっ？」

カフェさんとラテさんが戻ってきたらしいと視線を向けると、違う方面から新たな声が聞こえてきた。

「リュート様！」

「ほめてほめて！　ちゃんと運べたの！」

「はこべたのー」

声がしたほうを見れば、厨房の入り口にぴょこんと見える……すごく長くてもふもふな兎のお耳です！

「ああ、シロ、クロ、マロ、飲み物を運んでくれてサンキューな。ルナ、紹介する。こいつら三人は、リルビット族といって人間に近い獣人族だ。フロアを担当してくれている」

リュート様の言葉に促されて出てきたのは、ウサ耳の可愛らしい女の子たちだ。とはいえ、耳が生えている以外は人間と同じ顔や手をしている。

三人はちょこちょこと私の前まで歩いてくると、丁寧にスカートの裾《すそ》を持ち上げて挨拶してくれた。

「私が姉のシローネです。隣にいるのが妹のクロームとマローナです。よろしくお願いいたしますです。奥様」

「えっと……いえ、奥様ではないのです……が……」

それぞれに名前の通り、白、黒、栗色の髪をしているのだな、と内心で思いながら、彼女から飛び出した『奥様』という言葉を否定する。

するとシローネさんは不思議そうに首を傾げる。

その隣でショートボブの黒髪を揺らし、クロームさんも不思議そうに……此方《こちら》は目を瞬《しばた》かせている。そんな二人の後ろに隠れるように栗色の髪をツインテールに結い、どこか眠たげなブルーグレーの瞳でマローナさんは此方《こちら》を見つめていた。

か、可愛いです！　もふもふの耳ばかりに目が行っていましたが、皆とっても美少女で、なんだかドキドキしてしまいます！

「三つ子の姉妹で、そんな形《なり》だが一応は成人しているからな」

しかし、リュート様に褒めて褒めてとじゃれついている様子は、どこからどう見ても十代前半の可愛らしいお嬢さんだ。ベンチで声をかけてきた大人っぽい美女には全くなびかなかったのに、リュート様はちょっと困った顔をしつつもちゃんと対応している。

「リュート様はもしや……」

こういう子が好みなのでは？　最後に目に焼き付いた光景――儚《はかな》げなミュリア様に寄り添うセルフィス殿下の姿を思い出して、胸が痛む。

「は、はい？　いやいやいやいや、違うからなっ!?」

なぜ声に出していないのに、考えていることが分かったのでしょう……と考えている私の両肩を、リュート様が力強く掴む。

「違うからっ！　コイツらは俺の部下で従業員だから大事なだけだ！」

「そうなのですか？」

「どっからどう見てもそうだろ!?　それに！　……その……俺は……ルナがいい」

リュート様の言葉を聞いた瞬間、私の顔というより全身が熱くなる。

す、すごく熱いです。どうしたのですか、その切なそうな声は……心臓に悪いですよ？　あの……嬉しいのですが、都合よく勘違いしそうですし、胸のドキドキがおさまらないので、できるだけ手加減した発言をお願いします！

「奥様です」

「やっぱり奥様だぁ」

「奥様奥様ー」

「邪魔しちゃダメにゃ」

「そうそう、こういう時は二人っきりにさせてあげるにゃっ」

「僕は興味津々なんやけど、声かけたらアカンの？」

内緒話になっていない会話にツッコミを入れたくなったが、初めて聞く声に驚き、慌てて振り向く。すると、そこには三姉妹とカフェさんとラテさんに加えてリュート様とは系統が違う美形の男性がいた。

長い青銀の髪にちょっとタレ目な瑠璃色の瞳。口から少しだけ覗く犬歯は愛嬌があるように見えるが……彼は一体誰だろう。レストランの関係者でしょうか。

さっきまで甘い雰囲気を全開にしていたリュート様は、彼を見ると即座に経営者の顔つきになり、真剣な面持ちで歩み寄った。

「キュステ、今日の野菜の仕入れの件で話がある」

「え？　なんか問題あったん？　そういえば、野菜を持ってきてくれはった商会の人、妙に急いではったなぁ」

「今日仕入れたトマトだが、スウィートビーにやられていたんだ。どうもその様子じゃ知っていて納品したみたいだな」

「ホンマにっ!? アカン、そらぁアカン。商会の名前は後で渡すわ。そんなんで今後、取り引きなんてできへんやろ？」

「頼んだ。素直に報告してくれたら、対応のしようもあったんだがな」

すっかり仕事モードの二人を見つめていると、急にキュステと呼ばれた青年は此方《こちら》を振り向いた。

「そうそう……そっちのべっぴんはんは新しい従業員なん？ えろう、だんさんと親しいみたいやけど」

「違うのです、奥様なのです」

私が答える前に、胸を張ってシローネさんが言い切る。青年は驚いた顔をした後、満面の笑みでリュート様を見た。

「ついにだんさんも結婚しはったん？ 結婚はええでしょ。癒やしがあって毎日が楽しゅうて仕方あらへん。せやけど、せっかくやったら店で披露宴でもしてくれはったらよかったのに」

「あのな……俺を広告に使うんじゃねーよ」

「何言うてはりますのん。店主であるだんさんが目立たんで誰が目立つんよ」

「ったく……あー、ルナ。この口うるさいのがキュステだ。俺のいない間、店を切り盛りしてくれている店長みたいなもんかな。大酒豪だから酒関連はコイツに任せれば問題ない。旨《うま》い酒が欲しい時はコイツに好みを言って探してもらうといい」

なるほど、この人があのお酒棚の主か、と納得して頷く。夜に開店する店でお酒に強い人がいると心強い。美味しい料理とお酒がある店は繁盛すると知っているリュート様らしい人選だと感じた。

「ちなみに、キュステは海竜族の一人で、シローネの旦那だ」

「よろしくお願いいたします！　私はルナティエラ・クロイツェルと申します。リュート様の妻ではないですが、リュート様のお役に立ちたいと思っております！」

リュート様に紹介され、慌てて頭を下げる。するとキュステさんはニコニコと人好きのする笑みで手を振ってくれた。

「よろしゅうに〜……しかし、困ったなあ。もう開店まで時間もあらへんのに」

キュステさんの視線を受けてカフェさんとラテさんが肩を落とす。

私は急いで手を挙げた。

「あ、あのっ！　じ、実はスープの味をよくするお手伝いをさせていただければと思っていたのです！　リュート様、さっき言ったものを準備してくださいませんか？　……リュート様に美味しいスープを召し上がっていただきたいです」

少し大胆だっただろうかと、ちょっぴり恥ずかしくなっていると、彼は目をまんまるにしてから大きく頷いた。

「悪い、時間がなかったな」

「あ、あと、試したいことがあるので、種類があれば色々なハーブとオリーブオイルとガーリックとニンジン……あと、赤ワインもお願いします！」

「よし、シロ、クロ、マロ、ポーションに使うハーブを持ってきてくれないか？　カフェ、ラテ、ニンジンとオリーブオイルとガーリックを持ってきてくれ。キュステ、お前は赤ワインだ」

「上等なやつのほうがええんかな？」

「いいえ、飲むには少し物足りないというものでも大丈夫です」

「了解！」

バッ！　と散って、全員がそれぞれの材料をかき集めている間、あと何をするべきだろうと考えていたら、後ろからぎゅっと抱きしめられた。

「リュート様？」

「なんか嬉しい……こうして、俺が欲しがっている味を分かる人がいる。そして、それをルナが作ろうとしてくれて……すげー嬉しい」

じんわりと染み込むようなリュート様の熱にうっとりしてしまうけれど、いつ誰が戻ってくるか分からない状況に、違う意味でもドキドキする。

甘い声で「ルナ」と囁かれ、抱きしめる腕に力がこもった。

リュート様が求めていたもの。そして、これからも求めてしまうものは、日本の料理といっても高級料亭や有名店の味ではないだろう。

おそらくは家庭の味のような、食べたらほっとするような味。そんなものが作れたらいい。

「いつか、一緒に色んなところへいって、食材を探してみるか」

「それはとても楽しみです。私は、この世界のことを知りませんから、教えてくださいね？」

「ああ。……そして、いつか……米や醤油や味噌なんかを手に入れて、和食屋とかもやってみてーな」

「お客様第一号はリュート様ですね」

「そうだな。和食や中華にも取り組めたらいい。でも、やっぱり一番はカレーかな」

「カレーですか。お昼時にいいかもしれませんね。でも、スパイスの調合が難しそうです。何せ、日本とは名前が違う食材なども多いですから」

「だよなー、そこがネックなんだよ。食ってみねーと分からなくてさ」

色々大変な目にあったんだ。と言って笑うリュート様の努力は本物だ。

だからこそ、絶対に彼が満足いくものを作りたいと、心から思った。

全員が揃い、トマトスープの入った大きな寸胴鍋が二つ並べられ、その前に持ってきた材料が置かれている。さっき集めてもらったのは、どれもトマトの酸味をマイルドにする食材であり、旨味を増すものばかりだ。

「そういえば、キャットシー族の方は薄味が好みと聞きましたが、カフェさんやラテさんはリュート様の好みの味を食べて平気なのですか？」

「僕たち、パンを食べる習慣がにゃかったにゃ。お魚にお塩ちょいちょいがメインにゃ。でもオーニャーの考えるご飯を食べてからびっくりしたにゃ！　美味しかったのにゃ！」

「パンにはオーニャーの味付けがよく合うにゃっ！　みんにゃにも、パンに合う味を知ってほしいにゃっ！」

キャットシー族は塩味がしっかりきいた焼き魚を主食にしていたのだ。それならば、他の料理が薄味であり、単品では水っぽいと感じても仕方がない。パンを主食にしている人間とは根本的に食事環境が違うのだ。

しかし、そうなると……パンはどこから出てきたのだろう。料理を作ることができるのはキャットシー族だけなのに、パンは食べなかったというのはおかしな話だ。疑問に感じて尋ねると、リュート様がさらっと教えてくれた。

「パンは、大地母神《だいちぼしん》が小麦を発見した人間族に与えた祝福で、レシピがなくても作れる唯一の食べ物なんだ」

神が人に与えた祝福という形で、この世界のパンは成り立っているのか。神からパンを与えられたという話は地球でもあったので納得だ。

小麦を発見した人間に大地母神から『パン』を与えられ、その恵みに感謝した人間は、レシピがなくても作れるパンを主食にしたようである。

ただ、どれだけ時間が経っても、当時からパンは平たくて硬いまま変わっていないようだ。

地球のふんわりしたパンも元は小麦粉と水を練っただけのパン種に、空気中の酵母菌がついて自然に発酵したのが切っ掛けだったというし、そういう偶然がなければ大きな変化は起こらないのかもしれない。

「神の祝福だからか、パンについては反対に他種族が作ろうとしても失敗してしまう。料理スキル持ちのカフェとラテも、近くの宿屋の女将《おかみ》が作るパン作りを見てチャレンジしたが無理だった。だから、うちの店のパンも結局はその女将《おかみ》から仕入れているんだ」

「女将《おかみ》さんが料理スキル持ちだったら違ったかにゃ」

「そしたら、レシピをもらって作れたかにゃっ？」

宿屋の女将《おかみ》さんが作るパンは、この聖都では一番美味しいらしいのだけれど、リュート様は不満そうだ。

それはそうだろう。日本のパンの味を知っている彼からすれば、そのパンだって美味しいとは思えない水準である。

そして、リュート様が満足していないと分かっているカフェさんとラテさんは、どうにか自分たちで作りたかったのだろう。そう考えるだけで切ない。

宿屋に通ってパンの作り方を見て学ぼうとしたのに、大地母神の祝福がなかったせいで作れなかったのだ。

もはや料理スキルシステムと、大地母神の祝福が起こした弊害としか言えない。

それだけでもリュート様には大ダメージであるのに、パン屋さんすらないという事実に驚きである。

この世界のパンは、安価に飢えを満たしてくれる大地母神の慈悲の食べ物という認識が強い。そのレシピを改変することは大地母神を冒涜《ぼうとく》する行いであるという風潮が、美味しいパンづくりという考えを遠くへ追いやってしまったそうだ。

リュート様は平べったいパンをつついて呟く。

「ふんわりした柔らかいパンが食いてーなぁ」

「まーた、だんさんはそんな夢物語を言うんやから。奥様は気にせんでええよ？　だんさんは、非現実的なことばかり言うんやから」

なるほど……これはきつい。私は運んでもらった赤ワインを並べつつ曖昧《あいまい》な笑みを浮かべた。

キュステさんに悪気はないし、確かにこの世界では夢物語だろうが……私たちにとって「柔らかいパン」は夢物語ではないのだ。

実際に柔らかいパンや、甘いパンを食べた記憶を持つ私には、リュート様の複雑な気持ちがよく分かる。料理をしたことがないリュート様は、完成形は分かるがそこへ辿り着くための手段が分からず、ずっともやもやしていたのだろう。

柔らかいパンを作るとしたら、ドライイーストや天然酵母のように、パン生地に含まれる糖分を餌に炭酸ガスを発生させ、生地を膨らませるものが必要だ。一応、天然酵母を作る知識はあるが、まだ気温が低いため発酵させるのも時間がかかるし、失敗する可能性もある。この世界に、天然酵母の代用品があれば楽だが、それを探すのは現実的ではないし、食べて分かるようなものでもないので難しい。

考えれば考えるほど難しいが、いつかみんなにも柔らかなパンの味を届けることができないだろうか。

今は難しい――だけど、私とリュート様なら大丈夫。時間をかければ必ず懐かしい日本の味に辿り着ける。そんな予感さえしてくるのだから不思議だ。

さて、まずは目の前のすっぱいトマトスープをなんとかしましょう！

「では始めましょうか。スープの入った鍋にワインとカルダモンを加えて、ひと煮立ちさせてください」

「お任せくださいにゃ！」

「ガッテン承知だにゃっ！」

カフェさんとラテさんに頼むと二人は力強く自らの胸を叩いた。

右の鍋をカフェさんが、左の鍋をラテさんが担当するようだ。

本来なら自分でできることだが、レシピを習得せずに料理をすると失敗するらしいので手は出せない。

うー、この世界の理《ことわり》は私に我慢を強《し》いてきますね！　簡単な工程を自分でできないジレンマ……ううぅ……自分で作りたいけれど我慢です！

しばらくして、くつくつ音を立てて煮立ってきたスープを、カフェさんが小皿に入れてスプーンと共に渡してくれたので味見をしてみる。

最初に食べたスープより酸味は感じられなくなっているけれども、何かが足りない。このまま食べることを考えたら、やはり酸味が気になってしまうだろう。

私が味見したスープをリュート様も口にしてしばらく考えた後、難しい顔をしてうーむと唸るので、やはり納得がいっていないようだ。

リュート様の舌は確かだ。この程度で満足できるのならこんなに苦労していないだろうと、次の手を考える。

「すりおろしたニンジンも加えましょう」

カフェさんとラテさんが何かの調理器具らしきガラスの器へニンジンを大量に入れ、パネル操作をしたら自動でゴリゴリすりおろしが完了した。取り出したすりおろしニンジンを大きな鍋に投入して今度はゆっくりコトコト煮込んでいく。便利な調理器具があるのですね……どういう造りになっているのか気になるが、今はそれどころではない。

とりあえず、これで甘みが出てくるはずだが、もう一押し欲しいところである。

ここにハーブと塩を配合したハーブソルトがあれば、もっと美味しくなりそうなのに……思わず日本にある調味料でなんとかしようと考えている自分に苦笑してしまう。

しかし、幸い材料は揃っているのだから、今ここでハーブソルトを作ってしまえばいいのだと気付いた。

可愛らしい三姉妹が持ってきてくれたハーブに目をやる。乾燥して細かくなったハーブの匂いを嗅いで少しずつ小さな白い器に入れ、塩とすりおろしたガーリックと胡椒を加えてスプーンで混ぜる。

ガーリックが多すぎるとハーブの香りを殺してしまう。割合はこれくらいがベストだろうと満足して器の中を眺めていると、リュート様の緊迫した声が響いた。

「え？　ちょ……ルナ！」

「はい？」

「調味料の作成は、料理のカテゴリに入っちまう！」

そう言いながら突っ込んできたリュート様は、私の手から器をもぎ取り、台に置く。そして私を強い力で引き寄せて腕の中に抱え込んだ。

失念していた！　この世界は、元いた世界や日本とは違う。すべてはスキルという理《ことわり》から逃れられない世界であり、私がしたことはそこから外れる行為である。

ついやってしまったと後悔しても後の祭りだ。

リュート様の力強い腕の中からテーブルにあるハーブソルトが入った白い器を見つめると、淡く黄金色に輝き始め、一見して分かる異変に誰もが息を呑む。

「キュステ！」

「言われへんでも、分かっとる！」

リュート様の声に応えたキュステさんが私たちの前に立ちはだかり、リュート様は小さく何かを呟きながら右腕を前へ突き出す。すると、召喚された時に見た召喚陣に似た、緻密で力を感じる魔法陣がいくつも展開した。

それと同時にキュステさんとその周囲が輝き、魔法陣と連動するように光を強める。

「ご……ごめんなさい、リュート様。私、役立たずなのに……こんなご迷惑まで……」

無意識でやったとは言え、とんでもない大失態だ。私が招いた大惨事に謝ることしかできない。

「大丈夫だ、ルナ。俺たちはこう見えて、強《つえ》ぇーんだから」

「僕の後ろにおったら、誰も怪我なんてさせへんから大丈夫！」

器から発する光が強くなり、二人はキッと前方を睨み付ける。

リュート様のために作ったハーブソルトが、とんでもないことになってしまった。せめて誰も怪我せず無事で済むことを祈ることしかできない。

そんな中で黄金の輝きは強くなり、桜色の粒子を周囲に散らし――、何事もなかったかのように光は消えてしまった。

数秒の間、誰もが沈黙を守り、言葉を発することなく白い器をただ見つめる。

体を張って止めようとしていたキュステさんは、チラリとリュート様に目配せをした。リュート様が頷くと発光していた器へ恐る恐る近づいていく。

何があってもいいようにリュート様も固唾《かたず》を呑んで見守っていたのだが、キュステさんは問題の小さな器を覗き込むと、首をコテンと横へ倒した。

「なんで？　完成してる？　何コレ……黒くなってへんよ？」

私を抱きかかえたままのリュート様が彼の言葉で固まり、カウンターの向こうに隠れていたカフェさんたちも顔を覗かせる。

「溶けてないです」

「砕けてないねぇ」

「弾《はじ》けてないー」

シローネさん、クロームさん、マローナさんが口々にそう言うのだけれど……え、レシピなしで生産すると、そんな恐ろしいことになるのですかっ⁉　失敗するとは聞きましたが、そんな物騒なことになるなんて聞いていませんよ⁉

目を白黒させている私から離れて、テーブルの上にある器へ近づいて中身を確認したリュート様は、信じられないと言った面持ちで低く呟く。

「完成……してるな」

「やっぱり、そうやんね……」

リュート様が器と私を交互に見ながら呆然とし、キュステさんも首を傾げるばかりだ。

「ハーブとお塩をつかっていましたにゃ！　金色に輝いて、ピンクがふわふわだったにゃ！」

「すごいにゃっ！　新しい調味料だにゃっ！　ふわふわだったにゃっ！」

興奮したようにカフェさんとラテさんが、ハーブソルトが入った器を掲げて踊りだしたのだけれど、リュート様は「嘘だろ……」と、未だに信じられない面持ちである。

どうやら、私がレシピなしで調味料を完成させた——ということになるのだろうか。

召喚獣だから、この世界の理《ことわり》が適用されなかったのでしょうか？

私とリュート様とキュステさんが、色々な可能性を探っている中、元気なカフェさんとラテさんの声が響く。

「奥様、レシピが欲しいですにゃ！」

「僕も欲しいですにゃっ！」

できることならすぐにでも渡したいのだけれど、レシピを作ることはできるのだろうか。

疑問しか浮かばない私の目の前に、リュート様がひらりと用紙を取り出した。

「これが料理レシピ専用の用紙になる。ルナ。この印に触れてみてくれ」

よく見ると白い用紙の中央に、フォークとナイフがクロスされている印がある。

これが料理レシピ専用の用紙のマークらしい。

「とりあえず、あの調味料は完成している。調理が成功した理由を知るためにも、レシピが記載さ

れるか試してくれ」

「は、はい」

言われるがままに印に触れると、レシピ用紙が淡く輝き出した。

「レシピ用紙が反応している……」

リュート様の言葉に呼応するようにレシピ用紙からの光は強まり、紙の上には文字が次々に浮かび上がってくる。

サーッと流れるように文字と可愛らしいイラストが浮かび上がり、手順が事細かく書かれた料理本もビックリなレシピが完成してしまった。

「オーニャー！　新しいレシピを見せてほしいにゃ！」

「僕らじゃにゃい人のレシピ、久しぶりだにゃっ！　見たいにゃっ！」

「嬉しいにゃ！」

「楽しみだにゃっ！」

目を輝かせて見せて見せてと両手を前へ出すカフェさんとラテさんの訴えに負けたのか、できたばかりのレシピをリュート様が渡すと、二人は嬉しそうにレシピを掲げて踊り出した。

可愛らしい二人を微笑ましく見ていたら、興味深そうにハーブソルトを眺めているクロームさんの姿が視界の端に引っかかる。

三人の中では一番好奇心旺盛なのか、目が爛々《らんらん》と輝いている。

「ハーブが調味料になったなんて……ポーションと同じ効果があるのかなぁ」

「調薬専門家が多いリルビット族としては気になるか。あー、カフェ、すまねーが一度レシピを詳しく見せてくれ」

「はいですにゃ！」

カフェさんからレシピを受け取ったリュート様は、ジーッと文字を追っているようで、真剣な表情の鋭い視線が左右に動く。

それだけでもカッコイイと感じてしまう私は、色々と末期な気がしてきた。

「なあ、これどう思う？」

皆に問いかけるように言ってテーブルにレシピを置き、長い指先で問題の一文を指し示す。手順を可愛らしいイラストで描き表しており、丸っこい字で丁寧な説明も入っているなと見ていた場所よりも上の方……冒頭へ視線を移した。

「まず、タイトルがおかしくねーか？」

そこには、『幸せを運ぶハーブソルト』と書き記されていた。何かのキャッチフレーズみたいなものかと感じていたのだが、周囲の反応は違った。

誰もが黙り込み、神妙な顔つきをしているのである。

「続いて、この文面を読んでくれ」

促されてハーブソルトの文面を目で追っていく。

【幸せを運ぶハーブソルト】

岩塩と香り高いハーブを使用し、風味豊かで奥深い味わいになるよう最高のバランスでブレンドされている。

どんな食材でも使いやすいように細かく砕かれており、味わいをワンランクアップさせ食材の臭みを消して、味に奥深さを出す魔法の調味料。

いつものお料理にひと振りするだけで、ちょっと贅沢なお料理に大変身。

貴方《あなた》の食卓に小さな幸せをお届けします。

おすすめ料理は、グリル料理、煮込み料理など様々。

肉、魚、野菜などの下ごしらえにも最適。


どこかの大手食品メーカーが使う商品紹介を彷彿《ほうふつ》とさせる内容に、そこまで凄いものではないと注釈を入れたくなってしまった。

「なんだか、すごい紹介文ですね……」

「いや、ここを気にしてくれ」

リュート様の指がなぞる文面を注視する。すると、どうやら『魔法の調味料』と『小さな幸せをお届けします』というところが問題であるらしい。

元々日本でもハーブソルトは、『お手軽調味料』や『魔法の調味料』だと言われることもある。

ただ、『幸せを運ぶ』というのは大げさですけれど……

ちょっと恥ずかしいですね、ぐらいの気持ちでいたのだがリュート様は真剣な面持ちを崩さない。

彼は私の耳元へ唇を寄せた。

「ルナ、ここは日本じゃない」

周囲には聞こえないほど小さな声で囁くように呟く。

「レシピに記載される説明文は宣伝用なんかじゃない。実際に効果があるんだ」

「えっ⁉　じゃあ、『小さな幸せをお届けします』って、本当にそんな効果があるのですか？」

「俺が聞きたい……」

この世界では『魔法の調味料』という表記は当たり前ではないのですね⁉　額を片手で押さえて
苦悩するリュート様にオロオロしていると、カフェさんとラテさんから声が上がった。

「幸せのお料理にゃ！」

「本当にあったにゃっ！」

見るとカフェさんとラテさんは、大きな目を眩しいくらいに輝かせている。

私たちの疑問は、意外なところから解決の糸口を見出したようだ。

リュート様とカフェさんとラテさんの次の言葉を待つ。

「キャットシー族の長が言っていたにゃ！　昔のキャットシー族は、神様もにっこりするような美味しい料理を作っていたそうにゃ！」

「でも、レシピが一度失われてしまったにゃっ。その中に幸福のレシピがあったにゃっ！」

「食べると、ほんわか幸せ気分にゃ！」

「ほんわか、ふわふわ、にっこりにゃっ」

やったにゃ！　嬉しいにゃ！　と二人が再び手を握り合って小躍りし始める。それを眺めた後、リュート様と顔を見合わせた。

「神様もにっこり？」

「幸福のレシピ……ですか？」

なんだか、とんでもないものを作ってしまった気配がしますが……ほんわか幸せ気分っていうだけだったら無害ですよね？　美味しいものを食べたら誰だって幸福を感じますもの。

すると、キュステさんが「あっ」と声を上げた。

「なーんや、奥様は【料理スキル】持ちやん。それも上位スキル……!?」

「スキル……ですか!?」

念願のスキルがここで発現したというならとても嬉しい。でもどうしてキュステさんにそれが分かったのでしょう。

見ると、キュステさんの瞳孔が縦に割れて金色に輝いていた。爬虫類を思わせる瞳に思わず体が強張る。

レシピを眺めていたリュート様は彼に視線を移して、納得したように頷いた。

「その手があったか！　【龍眼】で視《み》たのなら確定だろうな。それにしてもルナに【料理スキル】って……マジかよ」

「龍眼？」

「ある程度の力を持つ竜族だけが使える瞳術《どうじゅつ》でな。鑑定の力があるんだ」

私に料理スキルがある？　ここ数日、全くスキルが発現しないと悩んでいたのに、いつの間に……！

「まさか、発現したのが料理スキルだったとは……」

「は？　スキルが発現って奥様、人間ちゃうん⁉　……【異世界の侯爵令嬢】で【召喚獣】⁉」

キュステさんの視線が私の体を行ったり来たりする。

そんなことまで分かってしまうのですね⁉

どこまで視《み》られるのだろうかと羞恥心が刺激され、体を隠したところで意味はないのだろうと分かっていてもリュート様の後ろに隠れてしまう。

「オイコラ、調子に乗って、どこまで視《み》るつもりだ」

私の体をしっかり自分の体で隠したリュート様は、キュステさんを剣呑な鋭い目で睨みつける。

体をビクリと大げさなくらい震わせ、キュステさんは慌てて首と手を左右にせわしなく振った。

「も、もう視《み》てへん、視《み》てへん！　今後だんさんにめっちゃ関わってくる人やから気になるやん？

別にやましいこと考えてる訳やあらへんから！　それに、名前と職業とスキルしか分からんかったし大丈夫やて！」

「お前が、たったそれだけしか分かってねーとは思えない」

リュート様がそこまでいうのだから、キュステさんの力はかなり強力なのだろう。彼にジトリと睨まれながらも、キュステさんは大げさなほど左右に首を振る。

「奥様にはかなり強い加護があるみたいやから、僕の爺様や神族でも視《み》ることはできへんと思う。それに、もう一つスキルが覚醒するみたいやわ」

「は？」

「うーん、なんやろか……えらい力を感じるスキルみたいやということしか分からへんかったわ」

「力のあるスキル……戦闘系か？」

「あの様子やと違うと思うんやけど、よう分からへん。ただ、えらい光ってはったから珍しいもんやと思う」

「覚醒待ちか」

ちなみに視《み》えたスキルは、【神々の晩餐《ばんさん》】という名だそうだ。

それを伝えてからキュステさんはほう、と息を吐く。

「確か、昔に爺様から聞いたことがあるわ。マナを壊さんように料理することができる【料理スキル】の上位スキルを持つ料理人がおったって……」

「マナを壊さないようにする？」

「そうなんよ。普通の料理と違って奇妙なくらい魔力が回復する料理やったって爺様は言うてはったなぁ」

「そこんとこ詳しく！」

リュート様の言葉に頷いたキュステさんは、記憶を辿りながら言葉を選び、できるだけ分かりやすく説明をしてくれたのだが……その内容は驚きの連続であった。

まず、この世界で魔力を回復させる方法として睡眠と調理されたものを食べること、ポーションを飲むことが挙げられる。すべての生命にマナが宿り魔力を保有しているので、それを取り込むことで回復するということだ。しかしこの地上に存在するものの魂の器であるマナはとても壊れやすい。

マナが壊れた段階で、魂は器であるマナと肉体を離れ、人で言うところの死を迎える。するとマナは、そこから急速に崩壊し始めるのだ。

そのまま放置しているとマナは世界に吸収されてしまう。

食材で例えるなら、収穫された瞬間からマナが崩壊を始めるため調理が終わった段階で魔力はほとんど失われてしまう。

だからといって、食材をそのまま食べても、普通の人間は食材の中の魔力を、体に取り込むことはできない。

そこで必要になるのが【料理スキル】だ。

食材を調理することにより、食材に残った魔力を自分たちの体に吸収しやすいよう加工していくのだ。調理された料理を食べることで、初めて食材から自分の体に魔力を取り込めるようになるのだという。

しかし一般的な【料理スキル】でできる料理では、多くの魔力を回復させられない。そのため多大な魔力を持つリュートはまずかろうと大量の食事を摂る必要があるのだとキュステさんは説明をしめくくった。

「奥様が持つスキル【神々の晩餐《ばんさん》】は、壊れやすいマナをほとんど傷つけることなく調理することができるっちゅー上位スキルや。つまり奥様の料理は普通のものと比べて、多くの魔力を回復させられる……はずや」

そう言ってキュステさんは、笑みを深めた。

「ホンマに奥様とだんさんは面白い関係性やわ」

意味深に微笑むキュステさんに、私とリュート様は顔を見合わせて首を傾げてしまう。

「だんさんは奥様の料理で大量に、しかも美味しく魔力を回復できる。だんさんの場合は魔力の性質がうちの爺様と同じで神族に近いから、僕たちよりもさらに料理の効果を得やすいかもしれへんねぇ」

「つまり、私に発現した【神々の晩餐《ばんさん》】というスキルは、リュート様と相性がいいということですか？」

　慌てて彼に問いかけると、キュステさんは「ご名答」と言ってとてもいい笑顔を見せてくれた。

「だんさんには嬉しいスキルやね。まだ発現してへんけど、もう一つのスキルもきっと、二人にとってええもんやと思うわ。『魔力調整』をちゃんとしてはったら、すぐ覚醒するんとちゃう？　せやけど、奥様がまさか召喚獣やったとは……」

「すみません。隠していたわけではないのですが……」

　ペコリと頭を下げて謝罪すると、キュステさんは気にしていないと笑ってくれた。

「だんさんから前もって召喚獣を召喚するって聞いとったんやけど、召喚獣を連れてはれへんかったから、失敗したか意図的に見せんようにしてはるんかと思うとったら、まさかの嫁召喚とか、えらいことやらかしはったなぁ」

「嫁召喚って……お前なぁ……」

　リュート様の言葉を一切気にせずにキュステが続ける。

「まあ、その噂が広まったら、だんさん狙いのお嬢さん方は来んようになるやろうけど……こんなレシピが作れるんやったら、だんさん目的のお客が少し離れたところで新しいお客がわんさか来はるやろうし、全く問題あらへんわ」

「てか、こっちはまだ『魔力調整』の期間があるから、無理は極力させたくねーんだが……」

「学園終わって、店でちょこっと働いてくれはったらありがたいんよ。カフェもラテも、うちの奥さんたちも喜ぶやろし、だんさんも来はるやろ？　なあ頼むわぁ」

私をここで働かせてみないかとキュステさんが交渉に入る。しかし、リュート様はあからさまに難色を示していた。おそらく『魔力調整』後に気を失ってしまう私を気遣ってくれているのだろう。

できれば、少しでもリュート様のお役に立てるほうが嬉しいのだけれど、『魔力調整』が必要な期間はあまり無理を言わないほうがよさそうだ。

私はこの世界の知識が圧倒的に不足しているし、他の召喚獣と比べても手がかかる。

先程のように勝手に行動しないよう注意していても、元いた世界や前世の記憶のせいで体が勝手に動いてしまうことだってあるだろう。

けれど――正直に言うと料理を作りたい。

脳裏に浮かぶのは、日本で兄と一緒に料理を作っていた楽しい記憶で……とても懐かしくなってしまう。

私がじっとしていると、キュステさんが「せやけど……」と言って此方《こちら》に視線を移した。

「さすがは召喚獣やねぇ。だんさんの足りへんところを補うんやから」

「スキル……。そうです！　私、これでリュート様のお荷物ではなくなったでしょうか」

私の口から零れ落ちた言葉に、全員が目を丸くして此方《こちら》をマジマジと見つめる。それと同時に、キュステさんを初めとしたスタッフが一気にリュート様を睨み付けた。

「だんさん？　自分の大事な奥さんにお荷物なんて言わはったん？」

「オーニャー……」

「幻滅だにゃっ」

「酷いです」

「ありえないわぁ」

「ありえない、ありえない、ありえないー」

「ま、待て、待て待て待て！　違う！　俺はそんなこと一言も言ってねーから！」

みんなが一気に殺気だったので、自分の言葉足らずでとんでもないことになってしまったと、慌てて訂正する。

「すみません、私の言い方が悪かったです。リュート様がおっしゃったのではなく、私がそう考えていただけで……リュート様は私のスキルが発現しなくても気にしなくていいと慰めてくださいました。ですが、やはり……気になって――」

私の考えを聞いた彼らは、リュート様と同じく心配そうに眉尻を下げて此方《こちら》を見つめる。

「自分をそんなに追い詰めたらアカンよ。もっと穏やかな心で、ゆっくりでゆったりとして、のんびりなくらいがええんよ。だんさんが余裕あらへん人やから」

それでバランスをとったらええんよと笑うキュステさんの横で、カフェさんたちもコクコク頷く。

穏やかで、ゆっくり……ゆったり……のんびり……

ルナティエラ・クロイツェルとして生を受けてからというもの、そういう生き方をしてきたことはあっただろうか。常に貴族たちの悪意にさらされ、勉学に励《はげ》み、王族と婚姻関係を結ぶ上で学ばなければならないこともたくさんあって――と苦労した記憶が蘇る。

辛かった……苦しかった……でも、生きるために必死で……穏やかになんて考える余裕はなかった。

私がそんな中でも耐えられたのは、本があったからだ。

部屋に引きこもっていても、様々な知識を得られる本を手にしていれば別の世界へ行ったような気持ちになれた。また、なんの取り柄もない私が少しでもセルフィス殿下の役に立てるようにと考え、知識を吸収していたからである。

そこで、ふと思い出す。自分で見つけられそうにないジャンルの本を教えてくれたのは誰だっただろうと――

『これは隣国の歴史書だが、大変興味深い。貴女《あなた》は好きそうだな』

不意に浮かんだ声と言葉……それは誰のものだったか……霞《かすみ》の向こうに見えた記憶に手を伸ばすのだが、手は空を掻くばかりだ。

「ルナ？」

リュート様の声で我に返る。

白昼夢？　イーダ様の浄化を受けてから、こういうことが多くなった気がする。

「どうした？　何があった？」

「い、いえ……今、何かを思い出しそうになっていたのですが……忘れてしまいました」

「……そうか。呪いを多少とはいえ浄化できているからな。記憶の改ざんも行われていた可能性があるから、少しずつ正常な感覚や記憶が戻ってくるだろう」

「はぁ？　奥様呪いをかけられてはったんっ⁉　そうなんや……それやったら、スキルの発現も遅れて当然やろ……ちゃんと、そういうこと教えたらんとアカンよ？」

途端に声を上げたキュステさんにリュート様が目を白黒させる。

「い、いや、それは俺も初耳だぞ」

「人間族は呪いについて詳しくないんやね……記憶に関わるような呪いっちゅーもんは、大抵魂の器であるマナに影響を及ぼしとる悪質なもんや。つまり、奥様は他の召喚獣よりも呪いが邪魔してうまいことといかんことが多い。そこをちゃんとフォローできるかどうかは、だんさんにかかっとるんよ」

「わ、分かった」

「ホンマに分かってはるん？　……まあええわ。何か悩みがあったら頼ってくれたら嬉しいわ。それ、イルカムやんね？　奥様のイルカムに僕の連絡先も登録しといてええ？」

そう問いかけられたリュート様は、しばらく考え込みキュステさんにコクリと頷いた。それを確認してから、キュステさんが私の耳たぶにあるイルカムに指先で触れる。

視界の端のほうに、『キュステ・登録完了』という文字が見える。

本当に便利だな……と感心していたら、カフェさんとラテさん、そして三姉妹も次々にタッチしていく。

追加されていく名前に瞬きを繰り返すとキュステさんが茶目っ気たっぷりに笑った。

「奥様に必要な連絡がこの先あるかもしれへん。全員でサポート体制を作るんは、悪いことやないと思うんやけど？」

「……それもそうだな」

「話は変わるけど……そのハーブソルトのレシピ、どないしはる？」

私のレシピを指さしたキュステさんの言葉に、リュート様は渋い顔をして唸り出す。

「いつもみたいにギルドに売りつけはるん？」

「さすがに、まだ料理の効果が分かんねーから悩むところだな」

「しばらく様子見がええやろうなぁ。せっかくやし、記載のあった付随効果を見ておいた方がよさそうやね。奥様、そういうことやから、できればソレつこぅてトマトスープ完成させてくれへん？」

キュステさんの言葉で本来の目的を思い出した私は、完成したハーブソルトを手に取り大きく頷く。

スキルについては一旦保留として、当初の目的のお料理完成を目指しましょう！

不安な気持ちがないとは言えないが、レシピの文面そのものに問題はないし、商品を売り込む宣伝文句みたいなものだと考えた方が自然だ。

神経質になるより、リュート様に「美味しい」と言っていただけるスープを作ることに全力投球です！

トマトスープを煮込んでいる鍋にハーブソルトを加え、少し煮込んでいくと、なんとなくそろそろかな？　という感覚が強くなる。

不思議な感覚ではあるが、どうやら最良のタイミングを教えてくれているのではないかと考えていると、同じタイミングでカフェさんとラテさんもそわそわし始める。【料理スキル】持ちには頃合いが分かるのだと、その様子を見て確信した。

キッチンタイマーいらずです！

煮込んだおかげか、先程よりもいい香りのするトマトスープを小皿にとって、味見してみる。するとトマトのきつい酸味は爽やかさを感じる旨味に変わっていた。

赤ワインの芳醇《ほうじゅん》な香りがうまくコクを出し、ニンジンの優しい甘みがまろやかさを与えてくれた。最後に加えたハーブソルトもいい仕事をしてくれたようで、ハーブとガーリックの香りがふわりと口の中に広がる。

ホッとするような温かさをじんわりと感じる優しい味へ変貌を遂げていた。

あとは、ちょっとした味の調整が必要だと感じ、砂糖を少量投入し、塩と胡椒も少量追加して混ぜてから、再び小皿に取り味見をして……思わず笑みが浮かぶ。

日本で食べたスープと同じくらいのでき栄えだ。

これなら、リュート様に食べてもらっても問題ないでしょう。

好みの味だろうかという不安はありながらも、小皿にスープを注ぎ入れ、香りづけにオリーブオイルを少量たらしてからスプーンを添えた。

そっと差し出すと、リュート様は私の緊張が伝染したような面持ちで小皿を受け取り、恐る恐るスプーンでスープを掬《すく》って口へと運んだ。

それから顔を歪めて奥歯をぐっと噛みしめたかと思うと下を向く。

えっ……も、もしかして……ダメでしたかっ⁉　期待させて、ダメだったとしたら……どうしましょう！

マズイことになったとオロオロしている私の耳に、かすれた声が聞こえてくる。

「旨《うま》い……すげーな……本当に、旨《うま》いなぁ……」

耳に届いた声は、かすかに震えていた。

彼のこんな弱々しい声を聞いたことがない。もしかして……泣いている？

その瞬間、居ても立ってもいられず、私はリュート様を包み込むように抱きしめた。

閉じられた目は此方《こちら》を見ないけれど、きっと心の中に押し寄せるたくさんのものを処理しているのだろう。彼が求めてきたものを、少しでも叶えられた喜びと同時に、こんな場所で彼が抱え続けていた痛みをさらけ出させてしまった罪悪感に胸が痛い。

こんなにも彼の心は飢えていた。

そしてずっとずっと求め続けていたのですね、もう帰れない故郷との繋がりを――

私にもないとは言えない、もう戻れないと分かっているのに捨てきれない望郷の念。

彼は、その思いをずっと抱え続け、求め続け、諦めきれなくて走り続けてきたのだろう。

心が傷を負ったようにヒリヒリと痛む。

どうして私はもっと早く、彼に出会えなかったのだろう。そんなことを思ったところで、どうにもならない。それでもそう思わずにはいられない。

「あ、味見してみるにゃ！」

「楽しみだにゃっ！」

俯《うつむ》き肩を震わせるリュート様をみんなが見ていてはいけないと考えたのか、カフェさんとラテさんが明るい声を上げる。その声に、キュステさんたちが動き出した。

それぞれがスープを口に運ぶ。

その瞬間、全員が固まった。信じられないものでも見るかのように小皿のトマトスープを見つめる。

「す、すごい……にゃ……これがいつものトマトスープにゃ⁉」

「奥様天才だにゃっ！　オーニャーの求めていた味はこれにゃっ！　覚えたにゃっ！」

「やっと分かったにゃっ！　たにゃ！」

「うれしいにゃっ！」

動き出したと思ったら、ハイテンションで小皿とスプーンを持ったまま小躍りするカフェさんとラテさんに泣きそうになる。

そうですよね、誰よりもリュート様の求める味を知りたかったのは、貴方《あなた》たちですものね。

もう、涙腺が緩むではありませんか……

「なんやこのスープ……こんなん食べたら、他の料理なんて食べられへんやん……だんさんは、この味をずっと求めてはったん？」

呆然と呟くキュステさんの背中をシローネさんがポンポンと叩く。

ずっとリュートの道楽とばかり思っていたと、キュステさんが力なく呟くのがやるせない。

「美味しいです。こんな美味しいスープ、はじめていただきましたです」

「すごい……ハーブの可能性はここにあり！　なのですぅ」

「美味しいー！　もっと欲しい、食べたい、そう思うー」

シローネさんとクロームさんとマローナさんにも大絶賛され、よかった……と、胸を撫でおろす。

考えていた以上に緊張していたのか体からドッと力が抜けた。しかし、まだリュート様は目を閉じたままだ。美味しいと言ってくれたけれど、そのせいで前世のことを思い出して辛くなっていたらと、気になって仕方がない。

祈るように見つめていると、リュート様は無言で小皿とスプーンを置いた。そして此方《こちら》を向いたかと思うと私を力いっぱい抱きしめた。

「すげーな……俺の求めていた味だ。俺に足りないものを、ルナが持ってきてくれた。ありがとう……俺のところに来てくれたことを心から感謝する」

「リュート様……」

「心から旨《うま》いって思える料理、本当に久しぶりだ……すげー旨《うま》いっ！」

影のある表情が消え、少年のような笑みを浮かべたリュート様が眩しくて、胸が高鳴り、頬へ熱が上ってくる。この手の笑顔は見たことがなかったからドキドキしてしょうがない。

可愛い……なんて言ったら失礼でしょうか。

目は少し赤いけれど、でも……それでも笑ってくれているのが嬉しくて、ぎゅうっと私も抱きしめ返す。

料理一つで、こんなに喜んでくれた――

私はまだ、カフェさんとラテさんの料理に手を加えただけの状態であるというのに、それでも……こんなに喜んでもらえたのなら、今後どんなお料理を作ろうかと考えただけで胸が躍る。

「よかった……少し不安でしたから安心しました」

「ルナは相変わらず自信がねーのな。ルナは誰がなんと言おうと凄いよ。誰よりも、何よりも、俺にとっては大事で、何者にも代えがたく得がたい人だ」

力強く言われた言葉が嬉しくて、惜しみなく向けられる笑顔がヒリヒリ痛んでいた心を包み込み、じんわりと優しく癒やしていく。

リュート様を癒やしたかったはずなのに、私が癒やされてどうするのでしょう。でも、私はリュート様のこの笑顔が見たかったのです。

幸せを噛みしめるように胸に頬を預けると、力強く抱きしめてくれる彼にうっとりとしてしまう。

リュート様の腕の中で幸せを噛みしめていたら、不意に先程のハーブソルトの効果について思い出した。

さきほどの『小さな幸せを運ぶ』ってあったけれど、これはそういう意味なのかもしれない。

「リュート様。あのハーブソルトの効果があったのでしょうか」

「あったんじゃねーかな。だって、すげー旨くて、心が揺さぶられるくらい喜びに溢れて、幸せだなって思ったし」

するとカフェさんとラテさんも同意するようにコクコク頷く。

「ふわふわ、ふにゃーですにゃ！」

「ぽわぽわ、ふにゅーですにゃっ！」

う、うん……よく分かりませんが、可愛いからいいのです。ふにゃー、ふにゅー、って言っているカフェさんとラテさんは可愛すぎます！

「とても心が温かくなりましたです」

「じんわりと心地いい感じぃ」

「幸せ、たっぷりー」

シローネさん、クロームさん、マローナさんの三人が、愛らしく耳をピクピクさせながら、そう言ってくれる。

効果はささやかかもしれないが、幸せそうに笑うみんなを見ていたら、効果の大小などどうでもいいように思えた。

でも、もっとリュート様のためになる効果があればよかったのに……ちょっぴり残念だと感じてしまう私は贅沢なのかもしれない。

そんな中で、キュステさんだけは何やら思案顔であることに気付いた。何か引っかかることでもあったのだろうかと見つめていると、彼はゆっくりと口を開く。

「スープが美味すぎやん。これに合わせるお酒とか困るわぁ。フォート産の赤ワイン……いや、もっとコクのある赤ワインがええやろか」

どうやら、既に仕事モードに入ってお客様へ薦めるお酒のことを考えているようだ。その姿は仕事ができる男という雰囲気である。

「しかし、本当に旨《うま》いな……」

じんわりと響く幸せそうなリュート様の声と眩しい笑顔が素敵すぎて、見ているだけで頬が赤くなってしまう。

美形の甘さを含んだ本気の笑顔は破壊力抜群で、直視したら意識を飛ばし醜態をさらしてしまいそうだ。慌てて視線を違うところへ向けると、私の肩口にぽすんっと軽い衝撃を感じた。

なんだろうと視線を戻して……何も考えることなく見てしまったことを激しく後悔した。

私の肩口に額を押し付けたリュート様の姿が、視界に飛び込んできたのである。

不意のリュート様の行動に動揺している私をよそに彼はそのまま動かない。さすがにどうしたのだろうと心配になってきて声をかけようとすると、リュート様は肩口にぐりぐりと額をこすりつけてきた。

ハグからさらに進んだ接触に鼓動はさらに速くなる。

な、なんですか？　どうしましたっ⁉

うーっ……と唸ったリュート様は、ゆっくり顔を此方《こちら》に向け、躊躇《ためら》いがちに口を開く。

「味見じゃなくてさ、ちゃんと食いたいんだけど……ダメかな」

いつもは私が見上げているリュート様のアースアイが、上目遣いで此方《こちら》を見つめている。

こ……これは……おねだり……ですよね？　し、心臓が止まりかけましたよ⁉　こ、このイケメン、私をどうしたいのですかっ！　今の額ぐりぐりは、そうすることで我慢しようとしたのですか？　しかし、そこまでしても我慢できなかったから、困ったようにおねだりですか？　それが、どれだけの破壊力を持つか、無自覚ですよね⁉

「ダメ……か？」

何も言わないで固まっているので難色を示しているのだと思ったのか、しゅんっとしてしまったリュート様を見て我に返った私は、慌てて口を開く。

「だ、ダメじゃな……」

「アカンに決まってるやろ⁉」

誰ですか？　こんな可愛らしくおねだりしてくる、貴重なリュート様の願いを無下にする人は……

ジロリとキュステさんを見れば、一瞬ひるんだような顔をしたのだけれど、涙目で必死にブンブンと首を左右に振る。

なぜ涙目なのでしょう……解せません。

「アカンて奥様！　店に出す料理やから、アホほど食べるだんさんに許可しはったら、お客はんの分がなくなってしまうわ！　堪忍して！」

あ……確かに――お店用のお料理だったと思い出し、さすがに「諦めてください」と言おうとした私の目の前をリュート様が横切る。それを見て、感動に浸っていたはずの厨房が、緊張感に包まれる。

急ぎ、カフェさんとラテさんとキュステさんが、リュート様と寸胴鍋の間に立ちはだかった。

「ダメですにゃ！　オーニャーが食べたらこのお鍋の中身が全部消えちゃいますにゃー！」

「お店の売り物にゃっ！　こんにゃに美味しいスープ、お客様にも食べてもらいたいにゃっ！」

「だいたい、ルナの手料理を俺が食うより先に、他のヤツが食うのは許せねーだろ！」

「何言うてはるん！　ちょっと、だんさん落ち着きぃなっ！　その様子やったら、スープ一杯どころで収まらへんやろっ⁉　奥様の料理を独り占めにしたいとか、どこの愛妻家の馬鹿亭主やねん！　アンタの親父さんと同じやないかい！」

元気になったリュート様がスープを食べようとするのを、三人がかりで止めるが、どうにもそれだけでは止まりそうにない。

さすがに鍛え方が違いますね――って、感心している場合ではない、お店の危機ですよ！

私は慌ててリュート様と鍋の間に割って入った。

「リュート様ごめんなさい、そのスープは諦めてください。それはカフェさんとラテさんが作ったものですし、私は手を加えただけです。それに、これからたくさん食べられるでしょう？」

私の言葉を聞きピタリと動きを止めたリュート様は、目を丸くして此方《こちら》を凝視する。

「え……？　これから……たくさん？」

「確か授業で、お部屋にあるキッチンで召喚獣のためのお料理を作るという話をしていましたよね？　そこで、私がリュート様のためにお料理をしてはいけませんでしょうか……」

本来、召喚獣の食事を作るためのキッチンだから、召喚獣が料理を作るのは規定違反ということもありえる。

無理を言ったかもしれないという不安を胸の前で両手を握ることでなんとか堪《こら》え、上目遣いでリュート様を見つめる。彼は言葉に詰まったように息を止めた後、真っ赤な顔をして慌てて視線を逸らした。

「いけないでしょうか」

「え、いや、ちが……そうじゃなくて！　……い、いいのか？　だって、毎日なんて大変だろう？一応、学園内は食堂もあるわけだし」

「リュート様が残さず食べてくださるなら、大変ではありません。それに、カフェさんとラテさんにもレシピを渡すことができますもの」

「新しいレシピだにゃ！」

「欲しいにゃっ！　欲しいにゃっ！　オーニャー、欲しいにゃっ！」

リュート様の周りをカフェさんとラテさんがグルグル回って「欲しいにゃ！　欲しいにゃ！」とおねだり攻撃をはじめた。

か、可愛いっ！

その輪の中になぜかクロームさんとマローナさんも加わり、四人が一緒になってグルグル回っている。

「オーナー、私も奥様のレシピのお料理が食べたいですぅ！」

「レシピー、レシピー！」

どうやら新しいレシピをカフェさんとラテさんに覚えてもらって、自分たちも食べたいという催促のようだ。

シローネさんも輪に加わろうと一歩前へ踏み出したところを、キュステさんに確保されていた。

みんな可愛い……どうしましょう、本当に可愛らしいですよっ!?

シローネさんを抱えたキュステさんがとどめのように、リュート様を見た。

「そういう新しいレシピが増えれば、この店も安泰やし、どうやろか。だんさん、ここは一つ折れたってくれへん？」

「いや、折れる折れないの話ではなくだな……」

「食べたいんやろ？　それとも奥様の料理はいらへんの？」

「いるっ！」

「せやったら決まりやね」

ニヤリと笑ったキュステさんに、バツが悪そうな顔をして「うーっ」と唸っているリュート様。

何がそんなに引っかかるのだろう。

ジッと見つめていると、彼はうぅ……と呻きながらも心境を呟く。

「ルナの性格だと、他の連中にも旨《うま》いって言われたら、みんなの分まで毎日作りそうだからな……そこが心配なんだ」

ルナの料理は食べたいけれど、負担になると分かっていて頼めないというリュート様の言葉に、胸がきゅんっとしてしまいます！　私のことを考えてくださっていただなんて……も、もう、この方は、私をどうしたいのでしょう！

「確かに、イーダ様たちにお願いされたら、作ってしまうかもしれませんね」

確かにそうなるだろうと彼の言葉を肯定した瞬間、「ダメやで奥様！」とキュステさんが声を荒らげる。

「そういう時は、うちの店を薦めてくれはらへん？　だんさんが美味しそうに食べてはったら、みんな自然と店に来てくれるやろ。つまり、学園でも目立つところで、この店のことを宣伝してほしいんよ」

さすがは店を任されているだけはある……そう感心してしまうほど彼の考え方は商人そのものだ。お店が繁盛しているのは、こういう戦略も功を奏しているのでしょう。

商売っ気を隠さないキュステさんに、リュート様も苦笑している。しかしキュステさんは真剣だった。

「お前な……」

「ええか、だんさん。そうすることによって、みんな幸せになれるんよ」

「は？」

「だんさんは奥様のお料理が食べられる。僕らは新レシピを入手できて、店がより繁盛する。お客はんは旨《うま》いもんをたらふく食べられる。ほら、みんな幸せやなぁ」

「ルナにいいことがねーだろ」

「だんさん、盲点やで。【料理スキル】において、レシピの説明文にある効果が実際に現れるんは調味料だけや。そうやんな？　カフェ、ラテ」

問われたカフェさんとラテさんは、うんうんと首を縦に振って可愛らしく笑う。

「調味料にしか現れないですにゃ」

「料理レシピに現れたっていう話は、聞いたことにゃいですにゃっ」

「つまり！　料理レシピであれば特殊な効果は現れないんやからギルドに売っても問題ない。その分を奥様のお小遣いにするんや。万が一、料理に付随効果が現れよったら売らんかったらええ話やし、奥様の性格やと、だんさんになんもかんもおんぶに抱っこは気がひけるやろ。それに全部だんさんに申告せんと自由に買い物もできへんのは可哀想やで？」

確かにキュステさんの指摘通りである。

これから何かが必要になったり欲しいと思ったりすることもあるかもしれない。

その時、自由に使えるお金がないのは困るのではないだろうか……男性にお願いするのは恥ずかしいものだって存在する。

リュート様は不満げに口を尖らせる。

「俺のカードを預けておけばいいだろ」

「だんさん……自分で稼いだお金っちゅーもんは格別なんやで？　まあ、念のためにカードを一枚預けておくんは奥様限定ならええとは思うけど、それとこれとは話が別や。お金っちゅーもんは厄介やからな。トラブルにならんよう考えて前もって対策しておくんが、夫婦円満の秘訣や」

な、なるほど？　結婚しているキュステさんが言うと説得力がある。隣で奥さんであるシローネさんも頷いているから間違いはなさそうだ。

　こういうことは先輩に習うのが一番でしょう。

　勉強になりました――って、私たちは夫婦ではないですよ⁉　まず、その根本が違います！　と言葉を挟もうとした私より早く、リュート様が言う。

「確かにそうだな。ルナにも自由になるお金があった方がいいか」

「そういうことや！　そのへんもシッカリ考えてみたらどないや？」

　確かにキュステの言う通りだと頷いたリュート様に、まあそれで納得してくれたなら……と私もぎこちなく頷く。

　私たちにはもっと話し合いが必要だった。しかし、日々の忙しさと生活に慣れるのに必死すぎてそこまで手が回っていなかったのだ。

　諸々の話が済んだ気配を感じとったのかキュステさんの笑みが深くなる。

「とりあえず、明日の朝食でも一緒に考えながら、食料倉庫から食材をチョイスしてきたらええんちゃう？　店の在庫やけど、それは許したるから」

「すまねーなキュステ」

「ええよ。その代わり、スープを食べんといてな……これはお客はんのやから」

「分かった分かった」

　店の責任者として料理を守り通したキュステさんは、安堵したようにホッと息を吐く。

すごいすごいとカフェさんたちの賞賛を受けつつ、食料倉庫がある方へ向かう。

厨房にいると、リュート様の食欲に再び火がつきそうだ。

あえて倉庫を薦めたキュステさんもそう考えたのかもしれない。

この手のことに関しての信用がリュート様には全くないようだ。こっそり笑いながら足早に厨房を後にした。

厨房の隣にある食糧庫となっている部屋は、大きな棚や壁に埋まった冷蔵庫が並んでいてとても広い。

その中で驚いたのは冷蔵庫や冷凍庫ではなく、なんの変哲もない棚である。

棚に手を伸ばすと、ひんやりとした空気を感じるのだ。

保存している食材によって温度や湿度を管理しているようで、ここまでこだわりを持っているのかと感心してしまう。扉など何も遮《さえぎ》るものがないというのに、棚の段ごとに温度が微妙に違うのはどういう原理なのだろうと疑問に思いつつも、明日の朝食に必要な食材を手に取る。

この世界で彼のために一から作る料理だ。

満足いく料理を作りたいと考え、次々に手にした食材をリュート様に渡していく。

どさどさと遠慮なく手の中に積まれた食材を見てリュート様は薄く目を見開いた。

「大量だな」

「リュート様は、よく食べるのでしょう？」

「……そうでした」

首を竦《すく》めておどけるリュート様は、どうも前世の自分の食べる量と今の自分の食べる量の差に慣れないようだ。

肉体だけでも違いがあるというのに、魔力という面で消費が増えたのだから、当然と言えば当然である。

キュステさんの説明で知った、『スキルによって加工された料理などを口にすることでしか、魔力の回復がほぼ見込めない世界』に住む彼にとって、魔力の枯渇と飢えは密接な関係があり、今までかなり苦労をしてきたのだろう。

彼の言葉の端々に感じる今までの苦労を、これからは一緒に背負い、負担が少しでも減ってくれることを願った。


必要なものが一通り揃ったところで倉庫を後にし、ついでに思いついたレシピを厨房に伝えてからイーダ様たちの待つ部屋へと戻る。

すると、部屋の中には食欲を刺激するいい香りが漂《ただよ》っていた。

テーブルの上には特製トマトスープがさっそく運ばれてきていた。

全員が勢いよく食べている。それを呆然と見ているとリュート様に気が付いた全員がすごい勢いで詰め寄ってきた。

「どういうことですの！　こんな料理、今まで味わったことがありませんわ！」

「落ち着け」

「しかし！」

チルもタロモも主を止めようと必死に服の裾《すそ》を引っ張っているし、ガルムはレオ様の頭の上でぴょんぴょん跳ね、ファスはイーダ様の背中にぶら下がっている。自分の幼なじみたちが食べ物のことで取り乱す姿が面白かったのか、リュート様は口元に苦笑を浮かべた。

「いいからお前ら全員――お・ち・つ・け」

ついで全員に魔力で圧力をかけて着席を促す。

う、うん、すごい勢いでした。でも、リュート様……幼なじみにも容赦ないですね、魔力が凄まじいですよ？　おびえた召喚獣たちが団子になってしまっている。

あの子たちは止めようと必死だったのに……

可哀想になってよしよしと、彼らを撫でていると、「こわかったー！」と言うように飛びついてきて、ゴツンと壁に頭を打ち付けてしまう。

少し痛い後頭部を擦り、まだ修羅場……いや、混乱している一同を召喚獣たちと一緒に見守る。

「大体！　こういうものがあるのでしたら、事前に教えてくれてもいいではないですか！　こんな美味しいものを急に出す方が悪いのですわ！」

「理不尽聖女」

「食道楽聖騎士」

「リュート様……イーダ様……」

どうしてこの二人は不穏な空気を周囲に振りまくような物言いをするのだろうか。本格的な喧嘩にならないところを見れば、なんでも言い合える仲だと捉えることもできますが。

イーダ様とリュート様が睨み合いを続けている横で、レオ様の快活な声が響いた。

「しかし、美味すぎるなこれは。美味くて食う手が止まらん！　もう何杯目か分からんぞ！」

「――は？」

爽やかな笑顔を浮かべたリュート様が、問答無用で鋭い蹴りをレオ様のスネめがけて繰り出した。

ああ……レオ様、今のリュート様にそれはいけません！　お預けを食らったままなのです！

「うぐっ！　な、何をする！」

「俺はまだ……味見だけなんだよ……」

地の底から響くような声に誰もがヤバイと感じたようで、助けを求めるように私を見る。

このままではお店で乱闘騒ぎになりかねない。勇気を振り絞ってリュート様に声をかけた。

「あの……リュート様？　ここで注文して食べる分には問題ないのでは？」

「……あ、それもそうか！」

こうしちゃいられないとばかりに、リュート様はレオ様を放り出し、光の速さでテーブルに置かれている水晶みたいなものに触れた。

「特製トマトスープと鶏のハーブソテーとパンを四人前、大至急な！」

どうやらそれで注文が完了したようだ。

ちなみに『特製トマトスープ』と『鶏肉のハーブソテー』は、どちらも新しい調味料であるハーブソルトを使用したために新しいレシピとして認定された。レシピは既にカフェさんとラテさんへ贈呈済みである。

鶏肉のハーブソテーは、スープだけだとすぐ売り切れそうだというキュステさんの言葉で思いついた料理だ。本当はカフェさんとラテさんの好物である魚で考えたのだけれど、今はいい魚が手に入っていないということだったので、在庫の多い鶏肉をチョイスした。

ハーブソルトを使うこと以外は、鶏肉の厚みが均一になるように開き、下味が入りやすくなり焼いた時に皮が縮まないよう、フォークで穴を開ける。それに塩を振りかけて、浮いてきた水分を拭き取ってから皮目をシッカリ焼くこと。最後は余熱で火を通すように調整すること。それくらいしか教えていないのだが、さすがはカフェさんとラテさんといったところである。

カフェさんとラテさんは「新レシピだにゃーっ！」と踊りを交えながら喜びを伝えてくれたのだけれど、開店時間が迫っていたので、キュステさんに「はよぅ作らんかい！」と怒鳴られていた。

それでもこっそりと私に尻尾ふりふりダンスを見せてくれたのは内緒である。

注文後、しばらくして控えめなノックと共にシローネさんがワゴンに食事を載せて運んできてくれた。

そして、リュート様と私の前に料理をセッティングしながら、ホールではパニックが起きたかのように注文が殺到している現状を伝え、あれだけあったスープがものすごい勢いで売れていることを笑顔で教えてくれた。

「そうなるよなぁ……よし！　ようやく、いっぱい食える！」

スプーンを持ってリュート様が嬉しそうに笑う。それを見て、シローネさんと笑い合っていたら、ひょっこりとキュステさんが顔を出した。

それから山のように盛られた肉とスープを見て顔をしかめる。

「だんさん。スープはあと二杯、お肉は三枚までやな」

「はあっ!?　客として注文しているのに、なんで注文に制限がつくんだよ！」

「何言うてはりますん！　だんさんは、お客はんやのうてオーナーやん！　奥様、店のために絶対に止めてな？　それやのうても、もうスープが売り切れそうなんやわ。ホンマにすごいっと……こんなことしてる暇あらへん。忙しいから、もう行くわっ」

ちらっと此方《こちら》を見るキュステさんは完全に商売人の表情だ。これではこっそり多く頼むこともできない。

一気に肩を落としたリュート様になんとか元気を出してもらいたくて、私は彼の耳に囁いた。

「朝ご飯、いっぱい作りますね！」

すると見る見るうちにリュート様の表情が明るくなり、此方《こちら》を見てまた嬉しそうに微笑んだ。

「分かった！　今日は我慢する。その代わり、明日を楽しみにしてる」

「はい、お任せください」

嬉しそうなリュート様を見られるとそれだけで心が温かくなる。何を作ろうかな……と既に考えを巡らせていると、目の前のお皿からどんどん料理が消えていく。

手元にあるトマトスープにパンを浸して食べ、続いて鶏肉のハーブソテーにナイフを入れた。切った断面から肉汁が流れ出てくる。

「肉はジューシーで水っぽくなくて旨《うま》いし、スープもあの酸味が嘘みてーだ……ほら、ルナも一緒に食べよう」

「はいっ！」

切り分けて一緒に食べようと無邪気な笑みを浮かべるリュート様は可愛らしくて——もう……こんな顔をされたら、いくらでも作ってしまいます！

「あのリュートが美味しいものを我慢するなんて……どういうことですの？」

「天変地異の前触れかもしれない」

なんて言うイーダ様とトリス様の言葉に、私は苦笑しかできない。

リュート様が食に異常な執着を見せるのを間近で見てきたのだから、仕方ない反応なのかもしれない。それでも二人は幸せそうに食事をする姿に安堵しているようにも見えた。

「さて、どうしてこんな素晴らしい料理がいきなり出てきたのか、説明をお願いしましょうか」

リュート様のお腹がある程度満足したタイミングを見計らって、シモン様がトマトスープの経緯について質問した。その返答に興味津々なのか、全員の視線が此方《こちら》を向く。

こんな緊迫感のある空気の中だというのに、ガルムはレオ様の隣に座り込み、体の半分くらいありそうな大きな鶏肉のハーブソテーに食らいついている。ファスはそれを狙っているようで目が輝いていた。意外とマイペースですね。

「ルナのスキルだ。本人も知らないうちに料理の上位スキルである【神々の晩餐《ばんさん》】が発現していた」

「え……キャットシー族でもないのに料理の……しかも上位スキルですか⁉」

シモン様が驚いたように私を見る。

とはいえ、私もそのことを知ったばかりだ。説明を求められても答えられないので頷くだけにとどめる。すると四人が大きくざわめいた。

「いきなり上位スキルとは規格外ですが、納得です」

「ルナの世界は、飯が旨《うま》いのだな！」

「すごい」

「本当に、これだけの味が出せるなんて……ルナの世界では料理が美味しかったのね」

イーダ様のこの言葉には、私もリュート様も固まってしまう。

まさか「さらに別世界の前世の記憶のおかげです」とも言えず、リュート様と視線を交わし曖昧《あいまい》に笑っておいた。

それから、ほくほく顔で三杯目のトマトスープに平たいパンを浸して食べているリュート様を眺めながら、朝食はどうしようかと考え込む。

元いた世界――グレンドルグ王国と比べると、食材は豊富だが調味料が少ない。

調理を行《おこな》うキャットシー族が塩胡椒をメインの味付けを行《おこな》っていたために、今まで必要がなかったのだろう。とはいえ工夫次第では今日のように新しい味を生み出すことができる。

そこで思い出したのは、リュート様と一緒に食べたクレープだ。

クレープのように巻いて食べる、トルティーヤならどうだろう……本来はコーンミールで作るのだが小麦粉でも代用できるし、野菜や肉を挟んで食べやすいようにしたら、喜んでもらえるのではないだろうか。味付けも塩胡椒では味気ないので、マヨネーズかヨーグルトソース……いや、ここは定番のサルサソースでも作ったら喜ばれるでしょうか。

考えを巡らせていると、目の前でガルムとファスが肉を巡って喧嘩を始めた。ダメですよと二人を引き離す。

二人の首元を持って、猫のようにぷらんとぶら下げると、ガルムもファスも大人しくなった。

「主よりルナの言うことを聞くのはなぜだ……」

「貴方《あなた》たち……どういうことですの？」

それを見て、レオ様とイーダ様は納得いかない様子だが、二人はマイペースに互いの不満を聞いてほしいとじゃれついてきている。

「取り合いするほど旨《うま》かったか？」

リュート様の言葉に、ガルムとファスだけではなくタロモとチルも頷き、リュート様は嬉しそうに目を細める。

「俺のルナはすげーだろ？」

彼のそんな言葉に頬が熱くなって胸が疼《うず》く。

料理スキルに目覚めてよかったと心からスキルの発現に感謝した。

第五章　悪意ある者と狂気の源

食事を終えて賑《にぎ》やかな店を後にした私たちは、学園の正門から校舎へ向かう道ではなく、そこから右へ折れ曲がった細い通路へ入り、男女で左右に分かれる。

イーダ様とトリス様、そして、ファスとチルにおやすみの挨拶をしてから、レオ様たちと男子寮へと向かった。

「これからは、こっちにある寮へ帰るようになる。一応、迷子にならないように道を覚えておいてくれ」

「はい！」

リュート様はどこかホッとした様子だ。

やはり、私のために苦労をかけてしまったと感じつつも、これから向かう場所への好奇心は抑えられず、控えめに周囲を窺《うかが》う。見事な石畳の通路を彩《いろど》る花壇は、道沿いに設置されたほのかに光る石と月明かりに照らされて幻想的で、そのそばを流れる清らかな水の奏でる澄んだ音も心地よい。

どうやら、この地域は水資源が豊富なのようである。街中や店の前にも噴水広場があったので、間違いはなさそうだ。

光に導かれるように通路をまっすぐ歩いていると、前方には大きな建物が見えてきた。思わずリュート様に言う。

「すごいですね……！」

「そうか？　すぐに慣れるさ」

事もなげにリュート様はそう言って歩くが、石だけでできたお城や建物を見続けてきた私にとっては驚きである。

お城のような堅牢な造りだが、決して野暮ったくなくモダンに見えるし、金属の土台と滑らかな石の壁は高級感に溢れている。それに大きくて透明なガラスは曇《くも》り一つない。

圧倒されて立ち止まっていた私の手を引いてリュート様が中へと導いてくれたのだが、場違いではないかと不安になってしまう。

おどおどしつつもリュート様から離れないように注意して進む。まるで高級ホテルのような応接スペースがあるエントランスには人の気配はない。

自動ドアの先にフロントみたいな受付があり、学生証の提示が行《おこな》われた。認証されたら寮の部屋に続く扉が開く仕組みになっているようである。

リュート様についていくと、扉の向こうには教室で見たことのある生徒たちが、共有スペースで召喚獣と共に談笑している姿があった。

「おー、お帰りー！」

向けられたことのない明るい声に驚いたが、どうやら扉の開閉音だけで声を発したらしい。教室で見た人たちが此方《こちら》を見て、一瞬表情を硬くした。どうやら、リュート様と私に気付いたようで、どう対応したものかと思案顔である。

しかし、そんな彼らの中から、一人の男子生徒が歩み寄った。

「リュート様も今日からこっちかー！　しかしこれが噂のルナティエラさんか。男子寮なのに女子がいるって、何か背徳感が……」

「氷漬けにして欲しいなら、そう言えよ」

「い、いや、リュート様がそういうと、洒落にならないからヤメテ」

顔を引きつらせて数歩下がる彼に、リュート様がくっと声を出して笑う。物騒ながら親しげなやりとりを見た男子生徒たちは、おや？　と首を傾げている。

「噂と……違う？」

「俺も、なんかイメージが違った……」

「てかさ、レオ様たちが普通に話してんだから、大丈夫だって気付きそうなもんだろ？」

最初に近づいてきた男子生徒が、後ろで首を傾げているクラスメイトに呆れた声を投げかけた。

彼の言葉に、それもそうかと納得した様子を見せた彼らは、リラックスしたように深くソファーにもたれる。

おずおずとリュート様に話しかける他の生徒もいるようだ。リュート様は一瞬驚いたように両眉を上げたが、普通に話し始めた。その様子がどこか微笑ましく見ていると、そっと肩をつつかれた。

「俺の名前は、パシュム・ゼンナー。リュート様の元クラスメイト、ヤンが兄貴なんだよねー」

話しかけてきてくれた彼は、双子の兄がリュート様と同じ騎士科に所属しているそうだ。その兄から「リュート様は色々と誤解されやすいから頼む」と言われていたと彼が言う。

それを聞いて、クラスメイトと話していたリュート様が顔をしかめる。

「アイツ……いらねーことを……」

「でも、やっぱり誤解されてたじゃん」

「うるせーわ！」

「口が悪いのも遠まきにされる原因だと思いまーす！　ルナちゃんは怖くない？　このタイミングで正直に言った方がいいよ？」

パシュム様にはおどけたように聞かれ、とんでもないことだと慌てて首を振る。

「あ、いえ、だ、大丈夫です。リュート様はお優しいですから」

「へー……そうなんだぁ？」

「ほほぉ……優しいねぇ」

「女の子には塩どころか氷対応と言われるリュート様がねぇ……ふーん？」

「テメーら、何が言いたいんだ？　ハッキリ言いやがれ」

「別にー？」

クラスメイトの彼らもリュート様が怖くない……いや、むしろ弄《いじ》っても理不尽に怒らないと判断したのか距離感を掴むように絡み出す。

クラスメイトたちと早くも打ち解けて軽口をたたき合うリュート様は、どこか嬉しそうだ。

その様子を横目にクラスメイトたちの周囲にいる召喚獣を観察していると、パシュム様の召喚獣がチラチラ此方《こちら》を見ていることに気付いた。

真っ白な毛玉とつぶらな瞳、ぽよんぽよんと跳ねる毛玉ですよ！　か、可愛いっ！

小さな毛玉は私の周りをぽよぽよ跳ねては、ふわぁと浮いている。

パシュム様は毛玉を指した。

「あ、その子は、俺の召喚獣でミュゲっていうの。可愛いっしょ？」

「はい、とっても！」

「やっぱり、可愛い子同士は波長があうのかなー」

ミュゲと戯れていると、リュート様やレオ様たちが、不思議そうに首を傾げた。

「やっぱり、ルナは他の召喚獣たちに好かれてねーか？」

「そのようだな。ガルムも懐いている」

「タロモもですね」

そうでしょうか？　首を傾げていたら、他の召喚獣たちも寄って来た。

可愛らしい子たちに囲まれてモフモフできるなんて、ここは天国ではないでしょうか？

思わず召喚獣たちに手を差し出すと、手の上でころころと転がってくれる。

愛らしさに幸せを感じていると、ごほん、とバシュム様が咳払いをした。

「おっと、この和《なご》やか空間に魂を持っていかれないうちに伝達しておくわ。中央食堂の『修繕しつつ、ついでに改装しよう計画』は思った以上に時間がかかるみたいだぜ。魔法科の奴らがぶっ放したからなぁ。他の学科の奴らも使う大きな食堂だってのに、やらかしてくれたよなぁ」

「なんだよ、そのネーミングは……しかし、迷惑な話だな」

「その迷惑なヤツを氷漬けにして教師に引き渡したのは誰だっけ？　まあ……とりあえず、中央食堂は一時的に閉鎖することが決定したので、今まで通り東と西の食堂を使うようにってアクセンが言っていたぞ。それと、部屋のキッチンを使ってもいいけど、セキュリティの関係で学園外部のキャットシー族は雇い入れ禁止だってさ」

不在時の連絡事項らしきそれにリュート様たちが頷く。部屋のキッチンを使っても問題ないという事だったので、思わずリュート様と顔を見合わせて笑い合う。

しかし次の瞬間、背筋に異様な気配を感じ反射的にリュート様の後ろへ隠れる。

するとリュート様が、誰かから私の体を隠すように一歩前へ出た。

「いきなり人の召喚獣に【鑑定】とはどういう了見だ？　事と次第によっては容赦できねーが？」

「魔術師として人の言語を操る召喚獣が珍しかっただけですよ」

リュート様の体の陰から覗くと、入口の方から一人の青年が歩いてくるのが見えた。

一見笑みを浮かべているようで、目が全然笑っていない。長い金色の髪、翡翠色の瞳、長い耳――

あれ？　この方って、もしかして……

「長寿だと、そういう常識すら欠落するのか？　エルフ族の女王が聞いたら泣きそうだな」

「君は相変わらず辛辣ですね。少しくらいいいじゃないですか……それとも、その召喚獣を調べられたらマズイことでもあるのですか？」

やはり彼はエルフだった。リュート様にまっすぐ向けられる悪意。それが分かっているのかレオ様とシモン様だけではなく、ロビーでくつろいでいたクラスメイトたちにも緊張が走る。

リュート様は彼に向かって唸るように言った。

「アンタは相変わらず……俺をイラつかせるのが得意のようだな」

「それはお互い様でしょう」

「だったら、とっとと魔法科へ帰ったらどうだ。ここは召喚術師科の寮であり、ビルツ・アクセンの管轄だ。それに、先日の騒動で魔法科の連中は教員であろうとも他寮の敷地内は出入り禁止になったはずだが？」

ひゅぅ……とリュート様から冷気が放たれ、パチッとレオ様の拳から火花が散る。

あわや一触即発という雰囲気に冷たい声が割り込んだ。

「あまり調子に乗らないほうがいいのではありませんか？　エイリーク・イェルム先生」

誰だろうと思えば、シモン様だった。普段にこにこしているシモン様の声が冷たい。思わず「え？　誰の声？」と二度見してしまうほど恐ろしい気配に身を縮めると、シモン様が続けた。

「彼女は僕の婚約者であるトリスの親友です。まさか、魔法科の教員のくせに魔導図書館からしめ出しを食らいたいのですか？　トリスを泣かせたら『魔導図書館の管理人』は、誰の言うことも聞かなくなると有名ですが……いいのですか？　それとも、僕が自ら手を下す方がお好みで？」

好戦的なシモン様の言葉に続き、レオ様は困ったなというような風情で口を開く。

「イーダもルナと友達だと言っていた。エルフの国は、【聖女】の浄化がなくても問題がなくなったのか。よかったな！」

見る見るエイリーク・イェルムと呼ばれた先生の顔色が悪くなる。

イーダ様の家の恩恵が、エルフの国には必要不可欠だということですか？　浄化が必要って、穏やかではないですよね。でも……あの……各方面から圧力をかけていませんか？

「あー、エルフの女王に困ったことがあったら相談しろって言われていたんだった。今度こっちに来るから、街を案内してほしいとかなんとか……人脈って大事だよな？　先生」

トドメとばかりにリュート様が言い放つ。

ええ、分かりました。貴方《あなた》たちはタイプが違うけれど似た者同士ですねっ⁉

口にこそ出さないが、クラスメイトたちも若干引き気味である。それでもエイリーク先生が引く様子はない。一触即発の雰囲気の中、硬いブーツの音が割って入った。

「――魔法科の生徒が問題を起こしたことに関しての謝罪のため、エイリーク先生は現在この寮への入室を許可されているはずでは？　これ以上問題を起こすのであれば、教員資格剥奪の上に国外退去という処置もありうるのだと分かっていての騒動でしょうか」

その声の主は、ガイアス様だった。普段リュート様と敵対している彼ではあるが、道理の通らないことにはこうして意見してくれるらしい。

目まぐるしく動く状況に目を白黒させていると、エイリーク先生は舌打ちをしてリュート様を指さした。

「いずれ、そこのヤツはジュスト・イノユエのように狂っていくと知れ。人の身に余る力は、脆弱な人間族の精神を狂わせるのだからな！」

「我が一族の恥さらしと一緒にするな。召喚術師及び魔術師の面汚しであるあんな陰湿な男と違い、コイツはまともだ」

しかし、その言葉にもガイアス様が反論する。

う、うん？　レオ様やシモン様ではなく、なぜそこでガイアス様が怒るのでしょう。それにジュスト・イノユエとは？　確か、召喚術を確立した方がヤマト・イノユエという方とおっしゃっていましたが――

そんな疑問を抱きつつも、黙って彼らの会話に耳を傾ける。エイリーク先生はガイアス様の言葉を鼻で笑うと、視線を此方《こちら》に向けた。

「いつかお前も知るだろうさ。主に裏切られ、殺される恐ろしさをな……」

濁った翡翠色の瞳が、私を捉えてそう宣う。

リュート様が私を殺す？

絶対にありえないと分かる言葉からはいっそ清々しいほど現実味が感じられず、苦笑すら浮かびそうになる。しかし、私の沈黙を肯定か動揺と捉えたのか、エイリーク先生は勢いづく。

「今は召喚主に魅了され契約で縛られているから分からんかもしれんが……そのうちこの召喚獣にもその男の本性が分かるはずだ！」

エイリーク先生の言葉にリュート様の目が暗くなる。

魅了、と言う言葉に一瞬胸に痛みが走る。やはりある程度、召喚獣として私はリュート様に好意を抱いていたのかもしれない。でも——

俯《うつむ》いたリュート様の背から私は前へ進み出た。

「見くびらないでください」

私の言葉に、辺りが静寂に包まれる。

誰もが動きを止め、信じられないものを見るように凝視してくるけれども、今はそれも些細なことだ。怒りが胸の内に冷たい炎を灯す。

「魅了……確かに、私はリュート様の声や仕草に誘引力のようなものを感じます。しかし、たったそれだけのことで、その人の本質を見誤ると本気で考えているのですか？　召喚獣になったことの

ない貴方《あなた》が、己の考えと憶測だけで物事を捉え、それが真実であるようにおっしゃらないでください。仮にも教師なのでしょう？」

まさか、私に反論されるとは思っていなかったのだろう。

エイリーク先生は秀麗な美貌を驚きの形に変えた。その瞳を睨み返す。

「本質を見ようとせず、濁った瞳で真実を捻《ね》じ曲げているのは、はたしてどちらでしょうか。リュート様は貴方《あなた》の考えているようなことができる方ではございません。人に気を遣いすぎるほど気遣って、それでも至らないと謝罪するような甘くて優しすぎる方です」

レオ様とシモン様が、知っているというように深く頷き、ガイアス様も苦笑しながら小さく頷いた。

少なくともここにいる三名はそれを知っている。

動きはしないもののクラスメイトだって否定しない。

その曇《くも》った目でよく見たらいい、周囲の人たちがどう思い、何を考えているのかを……

「リュート様は自分のためではなく、誰かのために全力で頑張る人です。貴方《あなた》は一体——誰を見ているのですか？」

貴方《あなた》は何を見てきたのですか？

本当にリュート様自身を見ているというのですか？

教師として、人として、恥ずかしくないのですか？

そう問うような視線を投げかければ、弾《はじ》かれたように彼はその場から走り去った。

何も答えず逃げ去る背中に、思わずムッと唇を突き出す。

なんですか、あの無礼な教師は！　リュート様のことを知りもしないくせに。

憤然たる思いを胸に抱きながらリュート様を見上げると、彼は目を丸くして私を見下ろしていた。

どうしたのでしょう……周囲も妙に静かですね。

「ぶっ……アハハハハハッ！　さすがだ！　いやいや、さすがリュートの嫁になるだけあるな！」

「レオ様⁉　誤解を招くようなことをおっしゃらないでください」

「いやー、爽快ですね。結婚とまで行かずとも、婚約は早めにしておいた方がいいんじゃないですか？　こんなに素晴らしい女性を放置していたら引く手あまたになってしまいますよ、リュート」

「ははは……あの……馬鹿面はどうだ。高貴なエルフ族が、偏見の塊だと突きつけられたのだから、さぞかし屈辱だったろうな！」

ガイアス様も楽しそうに高笑いをしている。みんな、思い思いに大笑いしている中、私だけ取り残されたようで周囲を見回す。

召喚獣たちも「よくやったー！」と言うように私の周りで飛んだり跳ねたりしていて、なんでしょう、このお祭り騒ぎ……でも、まあ、可愛いからいいですよね。

そう考え、毛玉や仔犬や色々な召喚獣の頭を撫でていると、後ろから力強い腕で包み込まれた。

「え、あの……リュート様？」

「サンキュ……」

後ろから乗せられた額と体に響く低い声。

先程のエイリーク先生の言葉でリュート様は動揺していたように見えた。『ジュスト・イノユエ』が誰なのかは知らない。もしかしたら私が知らないだけで、この世界でリュート様はずっと『ジュスト・イノユエ』という方と比べられ、心ない言葉や視線を投げかけられてきたのかもしれない。

なんとつまらない人がいたのだろう。リュート様という人を知りもしないで、好き勝手に言いたい放題とは許せない！　という気持ちが湧いてくる。

「当然のことを言っただけです。しかし、なんですか？　あの失礼な人は……教師の風上にも置けません。リュート様は優しいのです。でなければ、カフェさんもラテさんも、シローネさんもクロームさんもマローナさんも……あ、ついでにキュステさんもあんなに頑張りませんもの」

「ルナは、キュステの扱いがよく分かっているではないか！」

レオ様に褒められたことが嬉しくて、思わず照れ笑いを浮かべる。

「か、可愛い……」

「可憐……」

「癒やし……」

ボソボソ聞こえる声にリュート様が鋭い視線を投げかけ、低い声で言い放つ。

「今の俺は機嫌がいいから聞かなかったことにしてやるが……お前ら……分かっているな？」

リュート様の低い声に、全員が青い顔をしてコクコクと頷く。

どんな表情をしているのか後ろにいては見えませんね……リュート様の顔が見たくて腕の中で反転しようとするのだけれど、ガッチリとホールドされてしまった。

私たちが繰り広げる攻防の様子に再び笑い声が響く。

その温かな雰囲気にようやく肩の力が抜けてくる。みんなが和《なご》やかにしているこの空間は好きかもしれない。

よかったですね、リュート様。ここには理解者しかいませんよ？

あの失礼な男のことは記憶の隅へ追いやって、抱きしめるリュート様の腕に手を重ね、後ろへ重心を預けてみると、さらに力強く抱きしめられた。

ほっと息を吐きだすと、シモン様がそんな私たちを見て苦笑した。

「あー、はいはい、そういうのは部屋でやってくださいね。ここは寂しい男ばかりの寮ですから、刺激が強すぎると思いますよ？」

「そうだな」

ガイアス様も呆れ顔で私たちを見てから、盛大な溜め息をつく。

もしかして、ガイアス様はリュート様に相手をしてほしいだけなのでは……という疑念が頭に浮かぶ。

もしそうだとしたら、アプローチの仕方が大いに間違っていると指摘してあげた方がいいのだろうかと考えていると、のんびりした声が聞こえてきた。振り向くと階段からアクセン先生が姿を現した。

「おや？　何かありましたかねぇ？　そういえばルナティエラさんは今日から寮生活を許されたのでしたねぇ！　どうですか、この後お話でも！」

「申し訳ございません。私はリュート様とお話がありますので！」

この先生に捕まったら最後だという予感しかしない……というか、肝心な時にいなかったのに、現れるタイミングが今なのかという残念感が漂《ただよ》う。

そこかしこから「役立たず」「タイミング悪い」「無能」との声が上がったが、否定できないほどタイミング的には最悪であった。

逃げるが勝ちだと判断したのか、リュート様が耳元で「俺の部屋へ行くか」と囁く。コクコクと頷いたけれど「俺の部屋」という言葉に過剰反応してしまいそうで、慌てて口元を引きしめる。

な、なんだか……いけないことをしている気分ですが、リュート様のお部屋がとても気になります！

羞恥心を好奇心で上書きしてリュート様と共に部屋へ戻ろうとすると、共有スペースであるロビーでくつろいでいた人たちもパシュム様の「今日は解散！」という言葉に従い、そそくさと部屋へ戻っていく。

皆アクセン先生には捕まりたくないですものね……先生、もう少し召喚獣愛を自重してくださいね。

広い廊下の右側はガラス張りになっており、広めの中庭らしきものが見える。左側には同じような間隔で扉があり、ネームプレートが掲げられていた。間取りは広めにとってあるのか、人数の割には扉の間隔と廊下の距離が長い。

ガイアス様は右手に折れた通路へ移動していった。

リュート様に連れられて歩くと、廊下の突き当たりまで来て立ち止まった。黒い扉に掲げられたネームプレートには『リュート・ラングレイ』という文字が刻まれている。隣を見ると、シモン様も扉に手をかけていた。隣はシモン様で、シモン様の隣がレオ様という配置のようだ。

「レオ、シモン、また明日な。おやすみ」

「はい、おやすみなさい」

「では、またな！」

「は、はい、シモン様もレオ様も、おやすみなさいませ」

ぴょんっと私の肩に乗ったガルムがぽんぽんと肩を叩いてレオ様の頭の上に戻り、タロモが私の太もも辺りをポンポンと叩いてシモン様の後に続く。

どうやら、二人とも「おやすみ」と挨拶をしてくれたようだ。

「ガルムもタロモも、おやすみなさい」

ふりふり振られる尻尾と、ゆっくりと振られる手に思わず笑みが零れた。

手を振り返し見送ると、リュート様が感心したように声を上げる。

「仲がいいよな」

「そうですか？　リュート様とレオ様とシモン様も仲がいいですもの、だからだと思いますよ？」

そんな会話をしながら部屋に入り、まずは玄関で靴を脱いで、揃えて置く。

「ルナは説明いらずで助かるな」

「意識してしたわけでは……自然と脱いでおりました」

玄関で靴を脱ぐスタイルなのはリュート様の部屋だけなので、最初は戸惑う人が多く潔癖症か？と苦笑されたらしい。

リュート様はこれだけは譲れないと、この寮を出る時には元の状態へ戻すことを条件にして他の部屋にはない改装を行《おこな》ったそうだ。

玄関から入り右手にキッチンがあり、左手にはトイレと洗面所へ続く廊下がある。

う、うん？　なんだか……広くないですか？

一人部屋と聞いて1DK程度の広さを予想していたのだが、それより確実に広い。

召喚獣との共同生活を考えて他の科より広めな間取りだという話ではあったが、予想以上だ。

リュート様が部屋に入ると、明かりが自動でついた。白い床と壁に、黒とウォールナットのような木製家具で統一されたオシャレな空間が視界に飛び込んでくる。

重厚な雰囲気は余裕ある大人や仕事ができる男性の部屋というイメージを抱かせ、女性の部屋にはあまり見ることがない重めで落ち着いた配色であった。

しかし、今年で二十一歳の男性が好む部屋としては、若干渋めではないだろうか——私はすごく好みですが！

リュート様は壁を指さして説明をしてくれる。

「部屋の壁には元々防音、防火の加工がされている。召喚獣には色んなタイプがいるから、追加の加工が必要になることもあるんだけど、ルナの場合は大丈夫そうだな。まあ、そういうことだから、ここなら誰にも聞かれることなく安心して話ができる」

黒く柔らかい素材のソファーに座ったリュート様がとりあえず隣に座れと手招きしてきたので、誘われるままに腰を下ろす。

ソファーに座ると同時に、なんとも言えない疲労感を覚えて思わず深く息を吐いた。

自分でも知らないうちにスキルが発現していたし、先程の陰険教師の悪意もあった。精神的に疲れたのだろう。

感情の乱高下は精神的にも肉体的にも負担が大きい。

「はー……疲れたっていうか……マジもう……色々ありすぎて、やべぇ」

ぐったりと背中をソファーに預けたリュート様の言葉に激しく同意するが、ここ数日の間、心を占めていた悩みは解消されたので意外とスッキリもしている。

スキルが発現してよかった……しかも、リュート様のお役に立てるスキルで本当によかった！

「ちょっと待っていてくれ」

リュート様はそう言うと部屋を出て、キッチンから飲み物をグラスに入れて持ってきてくれた。

どうやら冷やした緑茶のようだ。グラスを受け取り冷たい液体を喉に流し込んでからホッと息をつく。

「さっきは、ありがとうな」

「いいえ、あんな失礼な人の言葉は気にしない方がいいです」

「そうも言っていられないんだ。その原因たる、ジュストについて話そうと思うから聞いてほしい」

隣に座ったリュート様は、そう前置きをしてから先程話題になった『ジュスト・イノユエ』という人物について詳しく聞かせてくれた。

彼は召喚術の祖であるヤマト・イノユエの子孫。膨大な魔力を持ち、並み外れた魔法と召喚術のスキルが発現したことで、召喚術研究の第一人者として日々研究を行《おこな》っていたという。

ヤマト・イノユエの再来とも言われた彼は、リュート様とシモン様の父親と、現国王陛下の友人だった。人と深く関わらず引きこもりがちなこともあり、無駄な争いを好まない平和主義者だと思われていたのである。

しかし、温厚だと思われていた彼の周辺で、奇妙な噂が立ち始めた。

夜な夜な彼の家から人のすすり泣く声が聞こえる。獣の唸る声がする。この世のものとは思えない叫びが聞こえる――など、誰もが眉をひそめるようなものばかりであった。

次第に、城や街を警護する白の騎士団へ相談が何件も寄せられ、噂話の範疇を超えていると判断した当時の白の騎士団副団長とリュート様の父は、周辺調査を行《おこな》ったという。

その中で、ジュスト・イノユエの研究室へ突入し、隠されていた地下研究室へ足を踏み入れた。

そこで目にした光景は、今でも悪夢を見るほど凄まじく、言葉にならない凄惨な光景が広がっていたという。むせかえるような血のにおい、人形のように山積みにされた死体の数々、薄暗い地下室に描かれた見たこともないような術式――

すべてが現実に起こっていることなのか理解できなくなるほど、常軌を逸した光景にすべての者が呆然と立ち尽くす中、ジュスト・イノユエは「もう少しだから邪魔しないでよ」と笑ったそうだ。

現場の状況を聞くだけで、軽くホラーだ。

思わず顔をしかめると、リュート様に軽く頭を撫でられる。

「親父たちが辿り着いた時には、既にたくさんの血が流れた後だった。召喚獣だけではなく、人間も竜人もエルフもドワーフも獣人も……種族を問わずに血が流れ、尊い命を喪《うしな》った」

「なぜ……」

「ヤツの研究室に残された膨大な資料を解析してわかったことだが――異世界へ繋がる扉は、マナの中にある。ジュストはそういう仮説を立てていたようだ」

異世界へ繋がる……扉？　あながち自分には関係がないとは言えない言葉に身を硬くする。

リュート様も静かに頷いた。

召喚獣を召喚する時、確かに異世界とこの世界は接続する。その接続の大元を研究した結果、ジュストは全ての世界で共通するマナの存在に目をつけたそうだ。そしてそのマナが崩壊する不安定な瞬間――生物が生命を失う瞬間ならば他の世界に行ける扉が出現するとジュストは考えたという。

つまり、自分の仮説が正しいと証明するために、たくさんの尊い命を犠牲にした……と？

小さく拳を握るとリュート様が私を見て頷いた。

「おそらくだが、ジュストが探していたのは――【日本】だと思う」

その時の衝撃をなんと言えばいいのだろう……喉の奥がヒリヒリと痛みを覚えるほど焼け付き、口は動くのに音が出てこない。

「ジュストは祖先であるヤマト・イノユエに固執していた。名から察するにヤマトは日本からの渡り人だと俺は考えている。彼が残した記述を読みあさっていたというから、ジュストはそこから日本の存在に辿り着き、強い憧れを抱いたんだろう。だから、ジュスト【異世界である日本――ジュストにとってはヤマトの故郷へ繋がる扉の持ち主】を探して、人々を殺し続けていた……」

それが真相だというのなら、嫌悪感を通り越して吐き気すら覚える。

己の仮説を信じ、望みを叶えるためならば、どれほどの犠牲も厭《いと》わないなど正気ではない。

どうしてそこまで信じることができたのだろうか……そして、どうしてそこまでむごい仕打ちができたのだろうか――

「ジュストは……どうなったのですか」

「親父たちが捕らえようとした瞬間に何かの術が発動し、存在そのものがこの世界から消えた」

「……そんな」

「だから、異世界へ飛んだという人もいれば、転生の秘術で生まれ変わったのだろうという人もいる」

転生？　そんなことあるはずがない――そう言いたいのに言えないのは、前世の記憶を色濃く残している私たちが存在しているからだ……

「エイリークが言っていたのは、ソレだ。奴らはジュストの転生先が、ジュストと同じ膨大な魔力を持つ俺だと考えているんだよ」

なんということだろう。ジュストの存在も悪行もすべてリュート様が生まれる前の話であって、全く関係がない上に憶測にすぎないではないか。激しい怒りに頭が熱くなる。

「まあ、そういうことだから、さっきみたいに絡んでくる奴も多い。理解してくれる人もいるから大丈夫だけど、ルナには……少し辛い思いをさせるな」

「辛いのは、私ではなくリュート様です！」

なぜこんな時まで人を気遣えるのだろう。こんな優しい人が、そのような非人道的な事件を犯した人物と同一視されていることが許せない。

リュート様の表情が動かないと言われるのは、前世のことをヘタに言えないこともちろんあるだろうが、根拠もないのに決めつけられて投げかけられた心ない言葉や、深い憎しみのせいではないだろうか。

悲しくて、辛くて、どうしようもなくて……

「私が全世界に向けて言い続けます。リュート様は凄い人で、優しい人で、そんな馬鹿なことはしないですって！」

なぜこんなに優しい人が、これほど理不尽な理由で虐《しいた》げられなければならないのだろう。私とは違い、何もしていないどころか、慣れない異世界でみんなのために考え、様々なことをしてきたはずだ。

都合の悪いところだけ見なかったことにして責めるだなんて、卑怯者がすることだと叫びたかった。

その力が羨《うらや》ましいだなんて軽々しく言えないくらい、それに伴《ともな》う痛みや中傷を彼はたくさん受けて、もう麻痺して痛みすら感じないほどに傷ついてきたのだろう。

イーダ様たちがそばにいて、ずっと見守っていてくれたから、優しい友人たちがそばにいたから、この人はこんなにもまっすぐ優しいままでいてくれたが、年相応の精神であったら押しつぶされていたっておかしくない。

それこそ、ジュスト・イノユエのような存在を自分たちの手で作り上げてしまった可能性だってあるのだと、なぜ気付かない。

理解ある者たちが彼を守ろうとし、それを彼も理解しているから、自分にできることを必死に探して突き進んできた。

誰にだって真似ができるものではないと、私が一番よく知っている。

強い——彼は本当に強いと思う反面、その強さが悲しくなるのだ。

精神が大人だからといって、すべてを呑み込めるはずがない。痛みを覚えないはずがないのに——

ぽろりと瞳から零れ落ちた涙は、次から次へと頬を伝い落ちていく。

「っ……ふっ……」

泣きたいのは私ではなくリュート様だというのに、溢れる涙を止められない。

胸がジクジク痛んで、辛くて悲しくて……胸に熱した鉛でも流し込んだのではないかというくらい重いそれは、言葉にならずに留まる。

「……泣かないでくれ。俺なら大丈夫だよ。ただ、迷惑かけるぞって言いたかったんだ」

「それは、リュート様のせいではありません！」

リュート様がぎこちなく微笑み、私の前で両腕を広げた。

もうっ！　と腕の中に飛び込んで、胸にぐりぐり額をこすりつける。

みっともない顔は見せたくない、でも……止まってくれない涙は、彼が今まで流せなかった涙のように思え、胸に鋭い痛みを覚えた。

優しく抱き返してくれる腕の温もりも、少し困ったように見せる笑顔も知らない人たちが、好き勝手に言ってくれる。周囲に優しい人たちが多かったから分からなかっただけで、悪意や妬みを持った者がいないはずないのに……

強すぎる力のせいで、こんなにも理不尽な仕打ちをされることに慣れてしまっているリュート様が、何よりも悲しかった。

「ほら、ルナ。そんなに泣くなよ。目が溶けちまうぞ」

「溶けませんっ」

泣き止まない私の頬を伝う涙を大きな手で拭っていたリュート様は、私の顔を覗き込んで困った顔をしている。

困らせていると分かっているのに、止まらないなんて……

「ったく……自分のことでもっと泣けばいいのに、俺のことで泣くんだからな」

自分のこと？　私は自分のことについて泣く権利なんてありませんもの——

だって、私は諦めたのです。足掻きませんでした……怖がって身を竦《すく》めて、その時が過ぎ去るのを待っていただけなのです。

臆病な私には、あの結末しかなかった。でも、リュート様は違いますもの！

そう伝えたくて口を開くのに、言葉にならずにしゃくりあげるだけだなんて、みっともない。

「よし、そんなに泣く子は抱っこの刑だな」

はい？　何か聞き違いをしましたか？　なんですか、その『抱っこの刑』って……冗談ですよね？

意味が分からずにぽかんとしている私の体が、ふわりと浮いたかと思うと、リュート様が近すぎて……

ひぃいいいいぃぃっ！

ソファーの上で胡座《あぐら》をかいた足の間に横抱きで座らされ、リュート様が近いです！　近すぎます！　凛々しく端正なお顔も、鍛え上げられた肉体も、伝わる熱も、いい香りも近すぎますーっ！

半ばパニックの私の顔を覗き込んだリュート様は、ニヤリと笑ってみせる。

「あ、涙が引っ込んだな」

「誰のせいだと思っているのですか!?」

「うん、俺のせいだな。泣いている顔も可愛いけど赤くなってオロオロしているルナの方がいい」

甘くとろけるような笑みを向けられ、先程まで悲しかった心が今は嬉しい気持ちに傾いているのだから、なんとも複雑だ。

「もっと甘えられる状況でしてください」

せめてもの仕返しに精一杯むくれた顔をして言うと、彼は驚いた様子でしばらく私の顔を眺めていたのだけれど、やがてとても嬉しそうに口元を緩めた。

「分かった。また今度もしような」

「違います、そうじゃないです！　降ろしてくださいと言っているのですっ」

「なんで」

「ですから、甘えられるような心持ちではありませんもの」

心が色々忙しくて、どうしていいのか分からない。

このまま悲しみに浸っていたらいいのか、今まで理不尽なことをした人たちに怒りを覚えたらいいのか、それともリュート様が望むように素直に甘えたらいいのか……

「何も見ようとしない馬鹿な奴らのことを考えるより、ルナは遠慮なく俺に甘えればいいだろうが」

「ですがっ」

「俺のために泣いてくれているのは分かっているけど、俺はルナが泣いていると辛い。もし俺のことを思うなら……そうだな、よく頑張ったって抱きしめてほしい。そして、いっぱい癒やしてくれ」

優しい笑顔でそう提案してくるリュート様の優しさに、胸がしめつけられる。

慰めたい人に慰められているなんて……私は本当に情けないです。

あまりの情けなさに眉尻を下げていると、ぎゅーっと抱きしめられて、気恥ずかしいやらドキドキするやら、胸が先程とは全く違う意味で苦しい。

罪つくりなイケメンに恨みがましい視線を送ると、彼はとても優しく微笑んでくれた。

「ルナがいるから、もう大丈夫だ。俺は自分が強くないことを知っている。だから、気を張って生きてきた。でも、ルナがいれば息抜きもできるし、こうして癒やされる。ルナや家族や仲間がいれば、俺は最強だな」

どうだ、すごいだろう？　と、本当に嬉しそうにそんなことを言う彼は、今までどれほどジュスト・イノユエという愚か者のせいで苦しんできたのだろうか。

話を聞いて抱いたイメージは、陰湿かつ残虐非道で利己的な人物。

こうして私を慰めてくれる優しいリュート様とは似ても似つかないジュスト・イノユエという男は、私のブラックリスト入りだとセルフィス殿下とミュリア様の隣に名前を並べておいた。

散々泣いて真っ赤に腫れた目元を、リュート様が持ってきてくれた冷たいタオルで冷やす。

泣いたことで失った水分をお茶で補い、リュート様を癒やす方法を考えていたら、無防備な耳に「ルナ」と甘い声が流し込まれる。

その甘くとろけそうな声は余計なことを考えるなよと言外に訴えていた。

「何を考えていたんだ？」

「リュート様の癒やしって、どういうことをしたらいいでしょう」

「こうやって抱っこさせてくれるだけでも癒やされている」

座っているだけですね……他は？　と視線で問いかけたら、彼はうーむと唸った。

必死に考えている間にも、私の髪をよしよし撫でてくれているのだけれど……これって、私が癒やされているのであって、リュート様は違いますよね？

今は私ではなく、リュート様の癒やしになりたい。

続きを問うとリュート様は考えながら言った。

「そうだなぁ……あとは、ルナが甘えてくれたら嬉しい」

「甘える？　こう……です？」

彼の首筋に額をくっつけて身を預けると、嬉しそうに「そうそう、こういうのでいいんだよな」と言いながら私をぎゅうっと抱きしめてくる。

艶やかに微笑んでくれるリュート様は刺激が強すぎて困ってしまうが、先程までうねっていた感情が静けさを取り戻し、じんわりと満たされていく。

お互いにそう感じているのか、リュート様も目を細めて幸せそうである。

しばらくその体勢で、今日あった他愛ないことを話して笑い合っていたのだけれど、リュート様の温もりが心地よくて眠くなってきた。

このままでは、この体勢で眠ってしまいますね……人をダメにするソファーなんていうものもありましたが、リュート様は私をダメにする何かです――などと考えていたら眠たくなっていることに気付いたのか、私の手から滑り落ちそうになっているタオルをテーブルに置き、額に頬を寄せた彼は、低い声で「眠くなったか？」と尋ねる。

「少し……」

「俺も、このまますぐにでも寝ちまいたい気分だ。……あー、でも、風呂に入りたいよな？　洗浄石で綺麗にする手もあるけど、日本人としては湯船でゆっくりして一日の疲れを癒やしたいよな」

この世界は基本的に洗浄石で身を清めるので、お風呂に入り、歯磨《みが》きをする習慣はないと聞いていた。

しかし、リュート様の部屋にはお風呂が完備されていると説明されていたので楽しみにしていたのである。

「よし、お湯を張ってくるから待っていてくれ」

少しだけ名残惜しそうにギュッとしてから立ち上がった彼は部屋を出て行ってしまい、手持ち無沙汰になってしまう。

医務室で過ごしていた時は必ず誰かが一緒だったし、警備をしていたのか扉の付近に常に誰かがいるような気配があった。魔力を渡された後は基本記憶がないのだから、こんなに長い時間を二人きりで過ごすのは本日が初めてである。

なのに、これから——あっ！　わ、私……大変なことに気付きました！　これから、夜を……い、一緒に過ご……すっ!?

自分の思考に悲鳴を上げた私は、羞恥心に全身を赤く染め上げる。

心臓はバクバク音を立て始める。ようやく今夜のことを考える余裕が出てきたのだ。

確か、リュート様たちが言っていました。召喚主と召喚獣は離れてはいけないのですよね？ 待って……待ってください！ お風呂はどうするのですかっ⁉ 離れちゃいけないって、ことお風呂くらいの距離はいいのでしょうか。まさか一緒にお風呂へ……？ ひぃぃぃぃぃっ！ む、無理です、無理ですーっ！

顔色を青くしたり赤くしたり忙しなく移り変わる感情に振り回され両手で頬を覆う。押し寄せる感情をなんとか処理しようとするのだけれど、うまくいかない。

だって……一緒に寝るのは確定として、お風呂……お風呂ですよっ⁉

「ルナ、風呂のお湯が入ったぞ。湯加減は大丈夫だと……って、顔真っ赤だけどどうした？ 疲れが出たか？」

慌てて私のそばに来て顔を覗き込んで、大きな手で額に触れる。

少しゴツゴツしているのは剣を持つ者の宿命だろうが、その感覚が妙に懐かしくて安心を覚えてしまう。

これと似たような感覚をどこかで……あ、い、今はそれどころではありませんでした！ リュート様に確認しなくては！

「リュート様……あ、あの……」

「ん？」

「お風呂……一緒に入るのですか？」

人生の中でここまで勇気を振り絞ったことがあったでしょうか。

緊張のあまり、かすれそうになる声で聞く。

「……は？」

するとリュート様は一言そう発した後、呼吸すらしているのか怪しいくらいの見事なフリーズを披露してくれた。

え、えっと……そんなに固まられると、此方《こちら》が困ってしまいます！

「だ、だって、離れてはいけないのですよね？　寝る時は、くっつくっておっしゃっていませんでした？　そうなると、私……お、お風呂に入る間どうすればいいのかと……もしそうなるのなら、もう少し綺麗になる努力をしておけばよかったと後悔するばかりで！」

「いや、心配する方向性が違うだろ」

そうですか？

問いかけるように彼を見上げると、なぜか片手で目元を覆って深い溜め息をついている。

私は私で見目麗しいトリス様やイーダ様を思い出して嘆息した。

「せめて、イーダ様くらい美しければ……」

「は？　イーダが……美人？　どこが？」

「リュート様の周囲は美形ばかりで気付いていないだけです」

いや、もしかしたら私を可愛いと言うリュート様だから、美的感覚が人とズレている可能性も捨てきれない。

もしかしたら此方《こちら》の世界の美的感覚が、私とズレている……？　いや、それはない。

リュート様をカッコイイと思う人が多いのだから、同じのはずだ。

「では、やはり……リュート様が――」

「ん？　俺が何？」

「あ、いえ、ナンデモナイデス」

「怪しいな……とりあえず、風呂は一人で入って大丈夫だ。イーダ達と買ってきた荷物を、あっちの部屋に出すから、入浴に必要なものを取ってくれ」

「あ……はいっ！」

寝室の扉を開いて入ると、一人用にしては大きめの高級ホテルなどにありそうなふかふかのベッドが、中央に鎮座していた。

こ、ここにいつもリュート様が寝ていらっしゃるわけですね！

狭いシングルベッドを想像していたため、私が共に寝ることでリュート様に窮屈な思いをさせるのではないかと危惧していたが、これなら問題なさそうで安堵する。

「この扉の奥がウォークインクローゼットになっていて、こっちの何も入ってないところを好きに使ってくれたらいい。服やカバンなどはここで……どうした？」

「い、いえ、なんでも！　ここ……ですか？」

「タンスの中は空っぽだから好きに使ってくれ」

もう一部屋あるのかと思っていたら、そこはかなり広いウォークインクローゼットになっており、収納に困ることはなさそうだ。

腰をかけられるように置かれた椅子や、小物入れのショーケースなど高級感のある造りがオシャレで、こだわりを感じる。

呆然と見渡してから荷物を開封して収納するが、改めて購入した金額が気になる品数だ。

全部詰め終わってからお風呂の準備をしてウォークインクローゼットを出ると、リュート様はその間、ベッドルームのシーツなどを交換して枕を一つ追加してくださったようで、ダークグレーの印象であった寝具が、白一色になっている。

「そっちも終わったか？」

「はい、全部整理し終えました」

「ここで生活していたら足りないものがそのうち出てくると思うし、また買い物に行くか」

「今度は一緒がいいです……」

「分かった。他にもいい店を探しておくか。キュステだったら知ってそうだしな」

それはとても楽しみだと思う一方で、洋服の好みがあったら聞いてみたいので選んでくれたら嬉しいな……なんて乙女じみた発想が浮かび慌てて首を振る。

恋人同士でもあるまいし！

恥ずかしさでジタバタしていることを気付かれないうちに移動しようと着替えなどを抱え込んだ。

「そ、それではお風呂に入ってきますね。リュート様はどうされるのですか？　先に寝ます？」

「いや、魔力譲渡もあるし、その前に仕事を少しな……」

そう言いながら寝室を出て、リビングの奥に設置されているデスクへ向かう。

「多分、ここが風呂に一番近いと思う。離れることで起きる影響もここならそこまで出ないだろう」

「そうなのですか？」

「ああ。だから、心配せずゆっくりしておいで」

優しく微笑まれて、少しでも不安を取り除こうと考えてくれていることが嬉しくて、何度も頷いてから浴室へ足を運んだ。

リュート様が発注したということは設計もしたのだろう。手の込んだ浴室の造りは日本にある高級ホテルを連想させた。

目の前にある広すぎる脱衣所に設置された、御影石のような天然石を使った洗面台は、洗浄石がなかった頃の名残であり、今では魔力が少なく魔道具の使用すらままならない人間しか使わないという話をトリス様から聞いている。

保有魔力による格差は年々問題視されており、その解決方法をフォルディア王国は模索しているらしい。

そういうこともあり、リュート様のようにこの国一番の魔力保有者が洗面台を設置しているのは異例なことで、大変珍しいのだという。

まあ……洗浄石一つで体を清めることがほぼ完了してしまう世界では、湯船など必要ないのかもしれないが、蛇口を捻るだけで水が出るということは、とても贅沢なのだと、今の私——毎朝井戸から水を水瓶に汲んで使うことが当たり前であった世界にいた人間だからこそ分かることだろう。

そんなことを考えながら制服を脱いで設置されていたハンガーにかけ、曇《くも》りガラスの扉を開いて中へ入る。

期待を裏切らない大きめの浴槽と、冷たさを感じない水はけのいい床、壁も三面が大理石でシャワーを設置している壁だけ御影石調の黒い壁というオシャレな空間だ。

うわぁ……この浴槽の大きさなら、二人で入っても平気そうですね……って、何を言っているのでしょう！　違う、違うのです！　例えです、例え話なのです！

私は慌ててシャワーのコックをひねり、頭からお湯を浴びてとんでもない思考そのものを汚れと共に洗い流す。

本当に、何を言っているのでしょうね。

お湯とは違う原因で熱を帯《お》びた頬を叩きながら、とりあえず入浴を開始した。

日本にあるものとほぼ同じだから説明がなかったのだと、浴室の仕様を見てすぐに分かる。髪は指通りが素晴らしく滑らかになるシャンプーとコンディショナーで綺麗に仕上がり、肌もゆで卵のようにつるつるして、もっちりである。

湯船につかり、ようやく落ち着いた頃にはずいぶんと時間が経っていたようで、少し寂しくなってきていることに気付いた。

やっぱり……思った以上にリュート様と離れるのは影響力があるのですね。入浴すらまともにできないなんて、深刻な問題ではありませんか？

せっかく湯船につかって足を伸ばしているというのに、心が落ち着かない。

うー……リュート様……寂しい……すごく寂しいです！　どうしよう、すぐさま出て抱きつけばいいでしょうか……と、本気で悩んでいたら、あることを思い出した。

浴室に一番近い場所でお仕事をしているという彼の言葉を――

位置的には……此方《こちら》でしょうか。

私が背にしている壁とは反対側へ身を寄せると、先程まで感じていた寂しいという気持ちが薄れていくのが分かった。

あ……ここだ、ここにリュート様がいる。

ふにゃ……と、みっともないくらい顔が緩むのが分かったけれど、止められない。

だって、壁越しなのに感じるのですよ？

こうなるかもしれないと予測して、位置も考えてくださっていたという事実が嬉しい。

少し遠いけれど、心がじんっと温かくなる。

温かくていい香りのするお湯を堪能しながら、背中にリュート様を感じるなんて、とても贅沢です！　うわ、うわー……幸せぇ……

できるだけ体を壁の方へ寄せながら、背中に感じる存在が与えてくれる幸せに浸る。

今までで一番贅沢なお風呂タイムだと緩む頬を押さえ、ほっと息をついた。


ふぅ、いいお湯でした！

あんな広い湯船につかったのは、友達同士で行った卒業旅行の時くらいだ。

前世の記憶は、キーワードがあればところどころ思い出すというのに、それ以外ではほとんど思い出すことがない。

そういうものなのかと思っていたのに、リュート様は全く違うようだ。

鮮明に覚えている……だからこそ、辛いこともあるのではないかと考えてしまう。

リュート様は、苦しいことも辛いことも大事な人たちの前では「大丈夫だ」で済ませてしまうから心配になる。

ハンガーにかけた制服を手に取り、イーダ様とトリス様に選んでいただいたショートパンツタイプの白いもふもふのパジャマを着た自分の姿を見てみたのだけれど、脚がシッカリ見えるので少し……いや、かなり恥ずかしい。

しかし、いつまでもここにいるわけにもいかないと、あまり音を立てずにリビングへ続く扉を開き中に入って声をかける。

「リュート様、上がりまし……」

「お、意外と早かっ……」

な、な……なっ⁉

リュート様はデスクで書類を読んでいた。私の声で此方《こちら》を向いて目を見開いて固まってしまった。

どうしたのかと声をかけるよりも……そ、それよりも……そ、その……

思わずふらりと意識が遠のき、床にぺたりとしゃがみ込む。

「る、ルナっ⁉」

ガタガタンッ！　と大きな音を立てて椅子を蹴り飛ばして此方《こちら》へやってきたリュート様は、慌てて私の肩を掴み覗き込んでくる。

ひっ……ひぃぃぃぃっ、ダメです、今はダメですリュート様！

お願いです、その……その……目にかけているものを、まずは外してください！

話はそれからです！

「大丈夫か？　……すげー顔が赤いな、脈も速い」

イケメンが眼鏡装備で覗き込みながら心配しているなんて、そんな……私を殺す気ですか⁉

時々見せてくださる魅惑的な笑みすら直視することができない私に、眼鏡装備のインテリ系リュート様なんてハードルが高すぎます！

「湯あたりみてーだな。立てそうにないか……ちょっとごめんな」

そう言って彼は、私をひょいっと抱き上げ……俗に言うお姫様抱っこ状態で寝室の扉を器用に開けてベッドへ運ぶ。

至近距離すぎますううぅぅぅっ！

ぐっと近づく距離に心の中で悲鳴を上げていたら、背中に当たる布団の感触……どうやらベッドに寝かされたようである。

「待っていろ、飲み物を取ってきてやるからな。涼しくしているんだぞ」

な……なんだか申し訳ありません。実は、リュート様の眼鏡姿にやられました——なんて、そんな恥ずかしいことを言えるはずがありません！

どうしてこうなった……と、うずくまりたいです。恥ずかしい、本当に恥ずかしいです！　でも、すっごくすっごくカッコイイのですよ！

頭の中で右往左往している自分の思考にまとまりはなく、今はただ土下座スタイルで「ごめんなさい」と謝罪をしたくて仕方がない。

大混乱を続ける私にリュート様はさらに優しい声で問いかける。

「コレを飲んで、少し水分補給をしよう。起き上がれるか？　そのままがいいなら、背中に腕を入れて少しだけ起こすが……」

「だ、大丈夫です！」

「あ、こら、無理するな。湯あたりを甘く見ていると倒れるぞ」

心配そうに私を気遣い介抱してくれるリュート様……ごめんなさい、本当にすみません、湯あたりではないです。強《し》いて言うなら、インテリ系リュート様あたりです。

申し訳なさで眉尻を下げながら受け取ったグラスの中に入っていたのは、スポーツドリンク系の飲み物だったようで、甘さと塩味と酸味を感じた。

半分くらい飲んでからグラスをベッドサイドにあるテーブルへ置き、控えめに声をかける。

「あ……あの……リュート様」

「ん？　気分が悪いか？　まだ顔が赤い。やっぱり、風呂に入りたいって言っても、明日にするべきだったな」

「あ、いえ、そ、そうではなく……あの……その……眼鏡？」

私の言葉にキョトンとしたリュート様は、指で目元に触れ「ああっ」と納得したように笑った。

「俺、少し乱視が入っているから文字が滲《にじ》んで見える時があって、書類関係の仕事をする時はかけているんだ」

「そ、そうだったの……ですね」

「似合ってる？」

「はいっ！　すっごく！」

「そうか、それはよかった」

うぅぅっ……その、眼鏡と魅惑の微笑みコンボは昇天確実なので、やめていただけませんか⁉

「しかし……足……すげー出しているんだな」

「お、お目汚しを……」

「は？　眼福の間違いだろ。ルナのソレ……やっぱ、アレが原因なんだろうな」

「あれ？」

小さく呟かれたそれやあれでは何を指し示しているのか分からなかったが、彼の表情から察するに、あまりいいお話ではないようである。

そのことについて問いかけようとした瞬間、リュート様はすっくと立ち上がった。

「あー、とりあえず俺も風呂へ入ってくるか。サクッと入ってさっぱりしてこよう。ルナは水分補給をしてゆっくりしているんだぞ」

「でも……」

「いいから、ゆっくり横になっていろ」

起き上がろうとした私の額を軽く押してベッドに倒したリュート様は、スッと目を細めて私を上から見下ろす。

「いい子だから、おとなしく待ってな。風呂を上がったら『魔力調整』をして一緒に寝ような」

「ふぁいっ」

変な返事になったけれど、しょうがないですよ⁉　甘く優しい声と眼鏡と魅惑の笑み……魂が抜けそうになるくらいの衝動が私を襲ったのですもの！　お返事ができただけでも褒めてほしいです！

ウォークインクローゼットから着替えを取り出したリュート様は、私の方をチラリと見て笑みを噛み殺したような表情をした後、振り返ることなくヒラリと手を振って部屋を出ていってしまった。

その後ろ姿を恨めしく思い眺め、とりあえず冷静になろうと呼吸を整える。

まだ心臓がバクバク言っていますし、脈拍がおかしいです。

とりあえず、あの姿のリュート様は自分にとって大ダメージを与えてくる存在ですね。注意しなくては……

熱くなった顔を冷やすようにグラスに残っていたドリンクを飲み、持っていたグラスを再びサイドテーブルへ置いてから、ぽすんっとベッドに横になる。

こうして独りになるのはあちらの世界にいた時以来だと気付き、以前は当たり前であったことが今では珍しいとさえ感じる。

常にリュート様がそばにいて、彼の幼なじみやクラスメイト、店の従業員、可愛らしい召喚獣たちに囲まれているのだ。

寂しいと感じる暇もないし、此方《こちら》の世界に早く慣れたくて毎日必死である。

リュート様の力になりたくて、発現しないスキルに悩んでいたが、それも解消された。

もう一つ覚醒しそうなスキルがあるので、それも焦らず待っているのがいいだろう。

そんなことを考えながら、天井に向かって手を伸ばす。薄暗い部屋で感じていた孤独や焦燥感は、もうない。

これがすべて夢であり、自らが作りだした幻想であったとしたら、すべて消え去ってしまった時、私は正気でいられるのだろうか――

不意に襲い来る不安が胸を占め、指先がわずかに震えた。

そんな馬鹿なことがあるはずがないと笑い飛ばそうとするのに、胸にじわじわと広がる何かに痛みを感じ、苦しくて仕方がない。

「ルナ、大丈夫か？」

聞こえてきた声に目を開くと、伸ばしていた手を握り、私を見下ろす端正な顔立ち……いつの間にかリュート様が戻ってきたようだ。

それにも気付かなかったのかと驚き体を起こそうとするのだが、彼は無言で此方《こちら》を見ている。

「ソロ活動の制限時間は三十分が限界で、それを超えると呪いの影響が出てくるのか。今はなんとか契約の力が上回っているが、ギリギリって状態だな」

なんの話でしょうと問いかけたいのに唇は全く動く気配がなく、再び体の自由がきかなくなってしまっている。

柔らかな布団の感触もどこか遠く、リュート様に握られている手は何も感じない。

「【聖女】ほどじゃねーが……【聖騎士】を嘗《な》めんなよ」

リュート様が顔をしかめ、私――いや私の中にいる何かに向かってそう言い放つ。それと同時に彼の体から白い輝きが放たれ、光に包まれると同時にスッと体が楽になった。

いつの間に再び呪いが――言葉にならない驚きとともに、体を引っ張り起こされる。心配そうに見つめてくるアースアイを呆然と見返すことしかできない。

「大丈夫か？　感覚は戻ったか？」

「は……はい」

「ったく……ちょっと目を離したらコレだ。大人しくしているように見せかけて、隙をついて出てくるとか厄介な呪いだな」

「呪い……」

「まったく厄介なことこの上ない」

私の前髪を払い、額を手で触れてくるのだが、ひんやりと心地よい感触がするだけで、嫌な感覚はなかったし、いつの間にか胸の痛みも消えている。

「疲れただろう？」

優しく頭を撫でてくれる手つきと柔らかな声色に、なぜか涙が出そうになった。

怖かったのかもしれない、苦しかったのかもしれない、辛かったのかもしれない。

今はすべてから解放されたからか安心して気が緩んでしまったようだ。

「よしよし、怖かったな……もう大丈夫だからな。でもよかった……俺が持つ加護でも、呪いの発動を抑えられた……ダメだったら、イーダを呼び出さなきゃならなかったな」

ふんわりと包み込まれるように抱きしめられ、背中をぽんぽん叩いてあやしてくれているリュート様の手を感じながら、ほぅと息を吐く。

お風呂上がりのいい香りが鼻孔をくすぐり、なんとも気恥ずかしくなってしまうが、今は離れたくなかった。

アレは……私の中にある呪いは一体なんなのだろう。

いつ頃からあったのか……誰が私に呪いをかけたのか――セルフィス殿下の婚約者という立場であったため心当たりはいくつもある。

しかし、こんな不可思議な力を使えるような人物はいただろうか。

並み外れた人物ということで思い出せるのは、文武両道で全く表情の動かないベオルフ様だが――とりあえず、背中を放してもらい再びベッドに体を横たえる。

思っていたより疲れていたのか、それだけで体は鉛のように重くなってしまったが、意識は冴えている。リュート様も私の隣にもぐり込むとすぐに眠ったり魔力譲渡を行《おこな》ったりするのではなく、何かを思案し決意したような真剣味を帯《お》びた瞳で私を見つめていた。

「ルナには言うか迷っていたんだけど……話した方がよさそうだ」

そう言って私の頭に手を置き、落ち着かせるように撫でる彼の表情で、言いづらい話なのだろうと察する。

もう一度呼吸を整えるようにしてから、リュート様は口を開いた。

「術者が世界を隔てた影響もあるのだろうが、現在、ルナの中にある呪いは前にも話した通り根深く残っている」

「……はい」

「そして、活動を停止しているように見えているが、実のところルナに違和感を与えることなく影響を及ぼしていることが確認できた」

それは、先程の状況を見れば分かることだ。全く発動していると気付かずに体の自由が奪われていたのだから。

「今のルナはエイリークと対峙した時のように理不尽なことに対して自分の意見が言えるし、怒ることができる。あちらではどうだった？」

「……言えませんでした。今までだったら、何も言わずに見守っていたと思います」

「そうだろうな。おそらく、呪いをかけたヤツは、ルナを孤立させたかったんだ。そのため、周囲には人除けの呪いを……本人には精神干渉がかかる厄介な呪いを仕組んだ。ルナは自分で考えている以上に一人になろうとしなかったか？」

「一人……に……」

「どうして一人になりたかった？」

「わ、私は……そばにいる人たちの恥だから……みっともない醜い人間で、迷惑ばかりかけているから……」

「誰がそう言った？」

「……誰？」

「そうだ。誰がそう言ったんだ？　それとも、自分で思ったのか？」

問われれば問われるほど分からなくなる。

どうして？　なぜそう思ったのだろう。

周囲の人たちに言われた……だけれど、もっと前からそう考えていなかっただろうか。

そして、同時にモヤモヤした嫌なものが胸の奥底から湧いてくる。

わけも分からず苦しくて、目の前のリュート様にしがみつくと、彼は思った以上に強い力で抱きしめてくれ、耳元に怒りすら滲《にじ》ませた声を放つ。

「こうしてルナを正常に戻そうとすると、ルナの中の呪いが邪魔をしてくるんだ。まるで呪いが意思を持っているかのように感情や考え方や行動、時には記憶にすら干渉して……最近のルナは、思い出せないことがあると言っていた。もしかしたら、俺みたいにルナのことをソレから守ろうとしていたヤツがいたのかもな」

その言葉にドクリと胸が大きな音を立てる。

そうだ……誰か、私のそばにいたのだ。周囲から人がいなくなったのに、その人だけは変わらなかった。

変わらずにそばにいて、冗談を言ってからかって……

「……いました。時々ですが……誰かが変わらずそばに……」

「そうか……よかったな。ルナは、時々でも独りじゃなかった。いつか、そいつとの記憶が取り戻せたらいいな。まあ、取り戻したとしてもルナの一番は俺だけどな」

ニッと笑うリュート様を見上げ、私はぼやける視界でよく見えない彼にお礼を言う。

独りではなかった……誰かがいてくれた事実は胸にぽっかり空いた穴を埋めてくれるように嬉しく感じる事実であった。

「リュート様ほど素晴らしい方は、いらっしゃいません」

「ルナが全ての記憶を取り戻しても、そう言ってもらえるように精進するよ」

深い霧の向こうにある記憶を取り戻せる日が来るのだろうか。

改ざんされた私の記憶を真の意味で取り戻し、この身に巣くう呪いを浄化した時、私には何が残るのだろう。

思い出せない誰かを思い、私はぎゅっと胸を押さえた。

「でも……その方は怒ってはいないでしょうか……どういう風に記憶を改ざんされているか分かりませんが、いきなり疎遠になったとも考えられますし……」

「だったら、俺も一緒に謝って説明してやるよ。分かってもらえるまで、一緒にな」

「リュート様……ありがとうございます」

「おう」

本当によかった……私は、この方の召喚獣になれたことが、この人生で一番の幸せかもしれない。

そう、本気で……心の底から思えたのである。

「しかし、妙な術だな。本当にルナの元の世界に魔法はなかったのか？」

「なかったと思います。それくらい魔法と似ているということですか？」

「ああ、魔法に似ているが、違うところもある。何か……混じり合っている感じだ。この闇の濃い感覚は、死霊使いのそれに似ているな」

「死霊……」

いい類の言葉ではないので思わず眉根を寄せてしまうけれど、月明かりに照らされている彼も同じような表情をしている。

ゲームでも物語でも『死霊使い』という者は、あまりいいイメージを持たれない。

あちらの世界――特にグレンドルグ王国では創造神であるオーディナル様に仇《あだ》なす魔神に魂を売り渡した者とされ、イメージ的にも最悪である。

その話のベースとなっているのは、創造神オーディナル様を崇《あが》め奉《たてまつ》る神殿が説く創世神話であり、実際に目のあたりにした者はいないだろう。

「あっちの世界で、奇妙な力を持ったヤツとか、そういう存在の噂は？」

「私が直接お目にかかったことはありませんが、黒髪の方には不思議な力があり、『主神オーディナルの愛《いと》し子』と言われると……」

「知り合いに黒い髪の人は？」

思い当たるフシが全くなかったので首を左右に振る。あちらで黒髪の人がいれば、それこそ神の子と崇《あが》められ、引きこもって外と接触があまりなかった私にも、その噂は届くことだろう。

「徹底して引きこもっているか、暗躍しているな……用意周到、陰湿、根暗、粘着質。ストーカー確定だな」

「す、ストーカー……ですか？」

「実は呪いを解かれたらルナが術者の元へ自分から向かうように仕掛けられた術もかけられていた。……魔力譲渡をしながら、ぶち壊したけど……胸糞悪《わ》りぃ」

その言葉を聞いて、全身が総毛立つ。

信じられない事実を知り、慌てて目の前のリュート様の体にしがみつくように腕を回して離れたくないと首を振る。

「リュート様、嫌です……そんなの……嫌ですっ」

「大丈夫だ。その術は全部壊したから、もう、ルナを勝手に攫《さら》うことはできないはずだ」

「目が覚めたら……リュート様がいないなんてことは……ありませんよね？」

言葉にするだけでも恐ろしい。目の前のこの温もりを与えてくれる人が突然いなくなり、私だけがあちらの世界に戻され、もう二度と会えなくなる――そう考えるだけで全身が震え、今まで感じたこともないほどの絶望に包まれる。

ここ数日で感じた人間らしい感情も、幸福感も、すべてなかったことにされるなんて、今の私には耐えられそうにない。

「夢だなんて言わないでください……朝目が覚めて、リュート様がいなかったら、もう……どうして生きていいのかさえ分かりません……壊れてしまいます。……もうあちらでは生きていけないくらい、此方《こちら》でたくさん温もりをいただいてしまいました」

「分かってる……我慢してきたんだよな。痛くても辛くても周囲に言えなくて、我慢してきたんだよな。俺がもうルナを独りにしねーから安心してくれ」

イーダ様たちだけではない、カフェさんやラテさんたちもそうだし、クラスメイトの方々だって気さくで優しかった。

此方《こちら》の世界の人は、私という人間を認めて友達だと言ってくれる、仲間だと認めてくれるのだ。

リュート様に出会い、一人が気楽だと考えていた自分が本当に望んでいたことを思い出すことができた。

いない者として扱う両親や、私から離れていく元婚約者や、周囲の人たちを見て諦めていた……誰かの温もりを――

私の頬に手を当てて、リュート様が此方《こちら》を見つめる。

「ルナ……【聖騎士】の称号と俺の名にかけて誓おう。万が一にも、ルナが元の世界へ連れ去られたとしても、必ず俺が迎えに行く。だから、絶対に諦めずに待っていてほしい」

「リュート様……」

「必ずだ。それを約束してくれ」

諦めないこと、待っていること……そうすれば、必ずまた会えると彼は言う。

時間や世界さえ超えて迎えに行こうと、リュート様は私の前で力強く誓ったのである。

「ダメ……です、だって、それは世界を渡るということですよね？　そんなことしたら、リュート様はジュストとまた比べられて！」

「大丈夫だよ。ジュストは一人で多くの血を流すことで成し得ようとした。だが、俺は知り合い全員を巻き込んで、知恵を借り汗水垂らして突破口を見出す」

口元に笑みを浮かべたリュート様の、強い光を宿したアースアイが私をまっすぐ見つめた。

「俺は思うんだ。たった一人が最強だと言われ頑張ったところで、たかが知れている。でも、たくさんの人に知恵や力を貸してもらえるようにお願いして、ルナを取り戻そうとしたら、当時のジュストなんて簡単に超えられるんじゃないかって……」

ジュストが求めたことと同じでも、全く違う真逆の場所にいる彼の力強くも優しい言葉を、彼を悪し様に言う人たちに聞かせてやりたい。

彼は知っているのだ。一人の力より、たくさんの繋がりのほうが強いのだと……そんな人が、残虐非道なことを行《おこな》うジュストの転生体であるはずがないのだ。

「今はまだ、ルナの意識はそいつの影響下にある。精神汚染を長年受けてきた結果だから、正常な状態へ戻るまでには、とても長い時間がかかるかもしれない」

幼い頃からかけられてきた呪いの効果は根深く、相手の執拗《しつよう》さと不気味さを際立たせる。

でも、今この身にあるのは、そんな呪いの効果だけではない。

リュート様が与えてくれた契約紋が、私の考えに呼応するようにじんわりと熱を持った。

「時折、無性に独りになりたくなるように仕組まれていたはずだが、召喚獣としての性質の方が上なんだろうな。それを打ち消すようだ。俺と離れると寂しいよな？」

「はい！　寂しくて寂しくて、辛くて泣いてしまいますっ」

「そこまで言ってくれると嬉しいな。俺は離れたりしねーし、ずっとルナのそばにいるからな？もう、独りにしない。ずっと一緒にいよう」

柔らかな微笑みと共に伸ばされた手が頬を優しく撫でるだけで、言葉にならない喜びに包まれ、感極まってリュート様に抱きついた。

不意に孤独だった薄暗い部屋を思い出す。あの場所には何もなかった。思い出すたびに心が削られてすり減っていく感覚を覚えていたが、今はもう思い出さなくていいのだ。

これから思い出すのは、彼の柔らかな微笑みと頬を撫でる手の感触だけでいい。

「ルナ、手を……」

「は、はい」

近くで見つめ合い、そっと手を握り合うと、柔らかな温もりと共にリュート様の魔力が流れ込んでくる。今は慣れた『魔力調整』だが、こうして私の意識がしっかりあることは珍しい。

疲弊した心と体を癒やし、エールを送るような温かさにほっとする。

「……ルナは、これをするとすぐに寝ちまうからな」

「そうですね……でも、今までのように意識が途切れていた方が怖くなかったのかもしれません。眠るとすべてが消えてしまいそうで怖いですから……」

零した本音に反応してか、リュート様が私の手を強く握る。

「大丈夫だ。消えたりしねーよ。俺はここにいる」

「それをいっぱい感じたいので、ぎゅーってしていてくださいね」

「それで安心するなら、お安いものだ」

ほら……と広げる腕の中へそっと身を寄せると、懐に大切な宝物でも守るかのような扱いで抱かれて安堵の吐息をつく。

包まれる温もりや耳にかすかにかかる吐息は、目の前にいる彼が幻ではないのだと実感できるのだが、それでもこれが夢ではないようにと願い、祈ってしまう。

幸せだから……幸せすぎると感じるからこそ不安なのだ。

でも、大きな手が背中をぽんぽんと叩くリズムを感じていると、その不安も不思議と消え、疑う

ことなく「明日もいい日になる」と思えるのは、ルナティエラになって初めてのことであったかもしれない。

晴天の下で手を繋ぎ、笑い合いながら他愛ない話をして、美味しいご飯を食べましょう。

またリュート様のあの笑顔が見たいから、頑張って作りますね。

ですから……これからはずっと一緒に――

薄れゆく意識の中で、眠ろうとしている私に気付いたのか、ぽんぽんと背中を一定のリズムで叩いていたリュート様が、魅惑的な優しい声で囁く。

「おやすみ、ルナ。俺の呼びかけに応えてくれて、世界を渡ってきてくれて本当にありがとう……俺の――」

最後の言葉は聞き取ることができず、額に温かいものが触れた気がしたけれど、それを確かめる間もなく眠りへと落ちてゆく。

いつもの意識を遮断されるような眠りではない。緩やかに落ちていく意識の中で聞こえる彼の声が何よりも嬉しかった。

頭を優しく撫でてくれる感触が、とても懐かしく――幼い頃にそばにいた誰かの姿を見た気がして、濃い霧の向こうにある記憶へ手を伸ばす。

今はまだ届かないが、いつかこの手が届いたらいいと思いながら、私はようやくルナティエラ・クロイツェルとしての生を受けてから初めてと言えるほど安らかな眠りに落ちたのである。

セルフィス殿下とミュリア・セルシア男爵令嬢の恋路を邪魔する悪役令嬢のルナティエラ・クロイツェルは、この世界で召喚獣となった。

それに対する後悔は微塵《みじん》もないし、唯一の居場所でもあった日の光も差し込まない暗い部屋へ戻ることは、もうないだろう。

リュート様に導かれて渡った世界は、私の知る常識が全く通用しないような不可思議な世界だけれども、何も怖くないのは彼がそばにいてくれるからだ。

そんな彼に私が唯一できることは、彼が望む味を――記憶に刻まれた懐かしい料理を再現することと……

そのために、これから共に歩いて行こう。

一緒ならば必ず幸せになれると信じて、彼の少年のような笑みを再び見るためならば、いくらでも頑張ろうと思う。

明日を考えるだけで、光に満ちた眩しい世界を思い描くことができる幸せを噛みしめ、体を満たす温かな力に心から感謝した。

大好評発売中!

待望のコミカライズ!

ある日突然ファンタジー世界の住人に転生した、盲目の公爵令嬢アリシア。前世は病弱でずっと入院生活だったため、今世は盲目でも自由気ままに楽しもうと決意!ひょんなことから仲良くなった第五王子のカイルと全力で遊んだり、魔法の特訓をしたり……転生ライフを思う存分満喫していた。しかしアリシアの成長と共に不可解な出来事が起こり始める。この世界は、どうやらただのファンタジー世界ではないようで……?

◎B6判　◎定価:748円(10%税込)　◎ISBN 978-4-434-29749-6

アルファポリスWebサイトにて好評連載中!　アルファポリス 漫画　検索

この作品に対する皆様のご意見・ご感想をお待ちしております。

おハガキ・お手紙は以下の宛先にお送りください。

【宛先】

〒150-6008 東京都渋谷区恵比寿4-20-3 恵比寿ガーデンプレイスタワー 8F
（株）アルファポリス　書籍感想係

メールフォームでのご意見・ご感想は右のＱＲコードから、
あるいは以下のワードで検索をかけてください。

アルファポリス　書籍の感想　検索

ご感想はこちらから

本書は、「アルファポリス」（https://www.alphapolis.co.jp/）に掲載されていたものを、
改稿、加筆のうえ、書籍化したものです。

悪役令嬢《あくやくれいじょう》の次《つぎ》は、召喚獣《しょうかんじゅう》だなんて聞《き》いていません！
月代　雪花菜（つきしろ　きらず）

2021年 12月 31日初版発行

編集－古屋日菜子・森順子
編集長－倉持真理
発行者－梶本雄介
発行所－株式会社アルファポリス
〒150-6008 東京都渋谷区恵比寿4-20-3 恵比寿ガーデンプレイスタワー8F
TEL 03-6277-1601（営業） 03-6277-1602（編集）
URL https://www.alphapolis.co.jp/
発売元－株式会社星雲社（共同出版社・流通責任出版社）
〒112-0005 東京都文京区水道1-3-30
TEL 03-3868-3275
装丁・本文イラスト－ココユコム
装丁デザイン－AFTERGLOW
（レーベルフォーマットデザイン—ansyyqdesign）
印刷－中央精版印刷株式会社

価格はカバーに表示されてあります。

落丁乱丁の場合はアルファポリスまでご連絡ください。

送料は小社負担でお取り替えします。


ISBN978-4-434-29750-2 C0093